シリーズ
日本語を知る・楽しむ
I

古文を楽しく読むために

福田孝 著

ひつじ書房

はじめに

古文で書かれた作品を前にしたとき、昔の人と現代人とはかけ離れた存在だと思っていませんか。

今から三十年くらいまえ、私が大学生だった時、『万葉集』の授業中に教授が突然に次のようなことを話し始めました。「万葉集を読みながら考えてほしいことがあります。万葉の時代の人は微分も積分も知らない、ラジオやテレビそれに自動車も使っていない。では、その能力（脳力）がわれわれ現代人と比べて劣っているのかどうか、を」。それは、昔の人々を我々より低い能力の持ち主ではないかと色眼鏡で見ることに注意を促すための発言でした。今ではパソコン・インターネット・スマートフォン、それにゲーム機器類が巷《ちまた》にあふれています。色眼鏡で見る傾向はもっと増しているかも知れません。

また、逆にこんな先入観はないでしょうか？

書道の教科書などで名筆と呼ばれる昔の作品を見ます。高野切《こうやぎれ》や寸松庵色紙《すんしょうあんしきし》といった名品です。昔は誰もがあんな綺麗な字を筆で書けていたと思っていませんか。文学作品ですと『源氏物語』や『枕草子』といった作品を読みます。

傑作だと教え込まれた上でそれらの作品を読むのです。そうした作品は傑作だからこそ残っているのだ、我々は足下にも及ばない、という思いで、それらの作品に触れることになります。

見下して遠ざける、敬して遠ざける。昔の人たちを、我々とは異なる、あるいは無縁の、遠い存在と感じている点では同じように思います。

こうした感じ方は私の場合は古文のさまざまな作品に触れていくうちに振り払えるようになりました。

例えば、自身が生涯に詠んできた歌々を載せた、自分史を述べるような歌集（私家集と言います）があります。平安時代の或《あ》る私家集の中で四十歳くらいでやっと殿上人になることができた嬉しさを詠んだ歌を読むことがありました。ふつう物語作品では良い家柄に生まれ若くして高位高官への道をまっしぐらといった貴公子ばかりが登場します。けれど現実には能力に恵まれていても低い家柄に生まれた男性貴族はあくせくと仕事に取り組み、やっとのことで殿上人になれるといったことのほうが多いことに気付かされました。

書道について言えば、写本と呼ばれる、鎌倉時代や室町時代の人々が書き写した本を見ていると、昔の人でも悪筆、つまり汚い字を書く人も居たことが分かります。悪筆の私としては急に距離感が縮まる思いでした。

昔の人々も私たちと同じ、血の通った、生身の、日々の生活を喜んだり悲しんだりしながら暮らしている人間です。ただ生まれ落ちた時代が違うだけです。「貝合《かいあわせ》」という作品のように、現代のライトノベルかと見まごうような作品もあります（短編物語集『堤中納言物語《つつみちゅうなごんものがたり》』に載っています）。

とにかく、対等に接して読んでみることをお勧めします。

本書は皆さんが持つ古文への距離感を縮めたいという思いから生まれました。多くの授業では文法を覚えさせることに一生懸命になって、皆さんを古文嫌いにしてしまうことが多いように感じられます。しかし文法をたくさん覚えなくても古文は読めるようになりますし、本当に必要な文法事項はそんなに多くはないのです。

この本では、各章ごとに例となる古文の文章を一つか二つ読んでいただき、それをもとに読解の要《かなめ》を説明していきます。要《かなめ》の大筋を理解していただくことに力を注ぎました。例外としての事項といった細部に立ち入ることは意識して避けています。また、読解の要を盛り沢山に並べてありますから、一読ですべてを身につけることは難しいかもしれません。一度だけで終わりにしないで必要を感じたら、また読み直してみてください。

例となる古文の文章も半角の空白を入れて分かち書きにするなどして読み易くし親しんでもらえる工夫を施しています。違和感を感じても毛嫌いしないでお付き合いください。

本書を通して少しでも古文を身近に感じ取れるようになってほしいと思っています。

もくじ

第一章

ふみよみは「こゑ」にだそう

——歴史的仮名づかいと音読の仕方——

『宇治拾遺物語』一〇五「千手院僧正《せんじゆゐんのそうじやう》 仙人に逢ふ事」

まず次に挙げる古文の文章を「声」に出して読んでみてください。古文を読むにあたって初めてお目にかかる仮名「ゐ」「ゑ」、この二つがともに使われていて短くて面白いお話しはそんなにはありません。教科書によく載っている「児《ちご》の空寝《そらね》」はその代表的なものですが、同じ『宇治拾遺物語』に載る違うお話しを用意してみました。まずその前半です。夜に高僧が声に出して御経《おきょう》を読んでいると、それに惹きつけられた仙人が空から降りてくるお話しです。

昔 山の西塔《さいたふ》 千手院《せんじゆゐん》に住みたまひける静観僧正《じやうくわんそうじやう》と申しける座主《ざす》 夜《よ》深くて尊勝陀羅尼《そんしようだらに》を夜《よ》もすがら読みて明かして年ごろになりたまひぬ。聴く人もいみじく尊《たふと》みけり。陽勝仙人《やうしようせんにん》と申す仙人 空を飛びて この坊《ばう》の上《うへ》を過ぎけるが、この陀羅尼《だらに》の声《こゑ》を聞きて 降《お》りて高欄《かうらん》の矛《ほこ》木《ぎ》の上に居《ゐ》たまひぬ。僧正 〈怪《あや》し〉と思ひて問ひたまひければ、蚊の声のやうなる声して「陽勝仙人にて候《さぶら》ふなり。空を過ぎさぶらひつるが、尊勝陀羅尼の声を承《うけたまは》りて参《まゐ》りはべるなり」と宣《のたま》ひければ、戸を開《あ》けて請《しやう》ぜられければ、飛び入りて前に居《ゐ》たまひぬ。

「山」とは比叡山延暦寺のことです。古文で「山」と出てくると延暦寺を指すことがあります。平安京の鬼門（東北の隅《すみ》）にあって禍々《まがまが》しいものから平安京を守る方角に位置していましたから大変崇拝されたお寺です。その広い山上には三ヶ所の主要な地域があり「西塔《さいたふ》」はその一つです。そこにあった「千手院《せんじゆゐん》」という建物がこのお話しの舞台です。「静観僧正《じやうくわんそうじやう》」（八四三―九二七）は徳が高く法験で有名なお坊さんで『宇治拾遺物語』では他にも登場してきます。「座主《ざす》」は延暦寺の中で最も地位の高いお坊さんです。「尊勝陀羅尼《そんしようだらに》」は仏教の経典の一つですね。「年ごろ」は長い年月に渡って事が行なわれてきたことを示すのに使われる語で、基本古語の代表選手です。「陽勝《やうしよう》仙人《せんにん》」（八六九―？）は延喜元年（九〇一）に仙人になったと言われています。「仙人」とは人間界を離れて山中に住み、不老不死、人間を超越した術を会得した人です。ここでは空を飛ぶさまが描かれています。「坊《ぼう》」はお坊さんが住んだり籠もったりする部屋や建物のことです。お寺のお堂の回りに廻らしてある手摺《てす》りのような欄干《らんかん》を「高欄《かうらん》」と言い、その横木の矛の形をした部分を「矛木《ほこぎ》」と言います。空から降りて来てその高欄の上に座ったというのです。そんなことはできそうにありませんが、空を飛べる仙人なのですから常人ではできない座り方ができるという訳でしょう。

現代語訳

昔、比叡山の西塔《さいとう》にある千手院に住んでおられた静観僧正《じょうかんそうじょう》と申し上げた座主《ざす》は夜が更《ふ》けてから尊《そん》勝陀羅尼《しょうだらに》を一晩中読んで明かすことをして何年にもなっていた。(その声を)聴く人もとても尊んでいた。陽勝《ようしょう》仙人と申し上げた仙人が空を飛んで、この(静観僧正の)僧坊の上を通り過ぎていたところ、この(尊い)陀羅尼の声を聞いて、降りて来て高欄《こうらん》の矛木《ほこぎ》の上に座りなさった。僧正は奇妙な感じがして問いなさると、蚊が鳴くような(か細い)声で「陽勝仙人でございます。空を通り過ぎていましたところ、尊勝陀羅尼を読む声を耳にしましてこちらに参上したのでございます」とおっしゃったので、戸を開《あ》けて招き入れたところ、(部屋の中に)飛んで入ってきて前に座りなさった。

高徳の僧である静観僧正と、人間を超越した存在になった陽勝仙人との遭遇が描かれる、摩訶不思議なお話しです。でも『声』に出して読んでみてください」なんて書いたものですからお話しの内容なんか上の空だったかも知れません。

「西塔」の振り仮名「さいたふ」はどんな風に読めばいいのだろう、「読みたまひけるに」の「ひ」ってどう読むのだったっけ、といったところでしょうか。「どうしよう、困った」「だからヤなんだ、古文は」なんて声が聞こえて来そうです。古文が嫌いだという人の多くは現代仮名づかいとは違う「歴史的仮名づかい」にまず拒否反応を起こしてしまうようです。が、そんなに大変なものではありません。まずはその理屈を知り、読んで慣れることから始めてみましょう。

まず、その「歴史的仮名づかい」について、です。古文の世界で規範《モデル》とされるのは平安時代中期ころに書かれた文章です。つまり『源氏物語』(一〇一〇年ころ)や『枕草子』(九九〇年代ころ)の文章が規範《モデル》となります。仮名づかいも同様に平安中期に使われていたものが規範《モデル》となります(仮名づかいについては正確には九三〇年頃以前の仮名づかいが規範《モデル》となっています。十世紀初め――ちょうど静観僧正と陽勝仙人との、このお話しの出来事があったころ――以前です)。

例えば、『伊勢物語』の章段の多くは、

むかし　をとこ　ありけり

で始まります。ここで男性を意味する和語は「おとこ」ではなく「をとこ」と表記されています。『伊勢物語』が書かれた当時には「wotoko」と発音していたため、それが反映して「をとこ」という仮名で書かれているということです。

あるいは、『古今和歌集』に

吹《ふ》くからに秋の草木のしをるれば　むべ山風をあらしと言《い》ふらむ

という文屋康秀《ふんやのやすひで》の歌が載ります。『百人一首』にも載っていますね。「ふくからに」と「いふらむ」との「ふ」は当時はどちらも同じ発音がされていたはずで、だからこそ同じ「ふ」の仮名が使われていると言ってよいでしょう。

平安時代中期ころの作品の仮名づかいは、当時の人々が日常生活のなかで口頭で話していた発音がそのまま表記として使われていたと推測されています。

では我々が読む際にはそれとは違うことをしているのはなぜなのでしょう。「をとこ」を

「オトコ」と読むのはなぜで、「ふく」は「フク」とハ行で読み「言ふ」は「イウ」あるいは「ユー」と読むことにしているのはなぜなのでしょう。ここから「歴史的仮名づかい」を我々が声に出して読もうとする際の約束事が見えてきます。

簡単に言ってしまうと、平安時代の発音は再現できない、ということがその大本《おおもと》にあります。録音機器があって当時の発音が記録に残っていたならば、ひょっとすると当時の発音のままで読もうということにもなったのかもしれません。しかし残念ながら当時の「をとこ」や「吹く」「言ふらむ」という発音、もっと言いますと「むかし をとこ ありけり」という一文の発音の仕方もはっきりとは分からないのです。古文に堪能で『源氏物語』にあるかのように完璧に古文を書くことのできる現代日本人がいたとしましょう。彼を紫式部さんの時代にタイムスリップさせても、筆談はできるかも知れませんが、当時の発音に慣れるまですぐに会話を交わすことは難しいでしょう。

そういう訳で、「仕方がない、じゃ現在の日本語の発音のやり方を使って読むことにしよう」ということになっているのです。

ふだん我々は言文一致といって「話し言葉」と「書き言葉」とがきれいに対応しているように錯覚していますが、「話し言葉」と「書き言葉」とは同じものではありません。小学生くらいの子が「わたしは」と書くべきなのを「わたしわ」と書いてしまうことがよくあります。「話し言葉」に即して書けばいいと習っているから「わたしわ」と書いてしまうのですが、これは合致していない例の一つです。

そして、「書き言葉」は一度その書き方が固定してしまうと、実際の発音がどんどん変化して異なるものになっても、旧来の書き方が固定したまま変化することなく書き記され続けることになります。これは文章そのものも、です。例えば兼好法師は『徒然草』（一三三〇年ころ）を、彼が日常生活で使っていた言葉ではなく、やはり平安時代中期ころの文章を一つのお手本としながら書き記しています。擬古文と言えます。

「を」と「お」との発音上の区別が平安時代の末期には無くなりました。さらに、語頭以外（つまり、語の途中と語の末）のハ行音とワ行音との区別も無くなっていったのです（鎌倉時代以降に幾段階かを経て「ゐ」と「い」とが「い」に、「ゑ」と「え」とが「え」になります）が、書き表わし方は変化しないままで以前のものがそのまま使われます。昔の書き表わし方の区別の理屈が分からなくなって、おかしいなと思った人は自分が使っている実際の発音（アクセント）に準じて「を」と「お」を区別して書き表わそうとしたりしますが、やはり昔の表記の理屈が説明できていたわけではありませんから混乱は生じたままです。こうした混乱を収拾しようとしたのが江戸時代元禄期の国学者である契沖《けいちゅう》（一六四〇―一七〇一）という僧侶です。今日使われている「歴史的仮名づかい」の基本は契沖の研究によるもので、明治になって公的文書などにその仮名づかいが用いられるようになったため、以来ずっと書き表わし方の規準となっていたものです。

ここで昔話を一つ。私が小学生のころ母親が何を思ったか「てふてふ」と書いて見せて「これを何と読むと思う？」と尋ねてきたことがありました。小学生の私は「テフテフ」とそのままに答えました。母は「私が尋常小学生だったころには〝チョーチョー（蝶々）〟と読むように教わったんだよ」と言いました。「歴史的仮名づかい」が日常生活で使われなくなり、現在使われている「現代仮名づかい」に置き換わったのは実はそんなに古い話しではありません。昭和二十一年（西暦一九四六年）十一月十六日に「現代仮名づかい」についての内閣告示がなされて以降のことです。それまでは「てふてふ」同様に「憲法十七条」を仮名では「けんぽふじふしちでう」と書いていたのです。

さて、再現できない平安時代の発音を現代日本語の発音で処理するための工夫が、古文の教科書の冒頭あたりで示されている「歴史的仮名づかいとその読み方」というものです。四原則があります。

① **語頭以外の「は・ひ・ふ・へ・ほ」は、「ワ・イ・ウ・エ・オ」と読む。**

例：には《ワ》かに・あは《ワ》れ・よひ《イ》（宵）・かほ《オ》（顔）・思《おも》へ《エ》ども・おは《ワ》す　など。

先ほどの文章中では「西塔（さいたふ《ウ》）（↑③にも関係します）・住みたまひ《イ》ける・なりたまひ《イ》ぬ・尊（たふ《ウ》と）みけり（↑③にも関係します）・居たまひ《イ》ぬ・思ひ《イ》て・問ひ《イ》たまひ《イ》ければ・候ふ《ウ》なり（↑③にも関係します）・過ぎさぶらひ《イ》つるが・承（うけたまは《ワ》）りて・宣ひ《イ》ければ」。

② **ワ行の「ゐ・ゑ・を」は、「イ・エ・オ」と読む。**

例：を《オ》さなき（幼き）・ゐ《イ》なか（田舎）・を《オ》とこ（男）・こずゑ《エ》（梢）・やを《オ》ら（「そーっと」の意味です）・を《オ》りを《オ》り（折々）　など。

先ほどの文章中では「千手院（せんじゆゐ《イ》ん）・声（こゑ《エ》）・居（ゐ《イ》）たまひぬ・参（まゐ《イ》）りはべるなり」。

③ア段・イ段・エ段の仮名に「う」または「ふ」が続くとき次のように長音で読む。

例：ア段　やう《ヨー》（様）・じやうず《ジョー》（上手）・あふぎ《オー》（扇）・まうす《モー》（申す）　など。　［au→ô］

イ段　しうと《シュー》（舅）・うつくしう《シュー》　など。　［iu→yû］

（「うつくしう」は、かわいらしい意の「うつくし」の連用形「うつくしく」の音便形《おんびんけい》です。形容詞の音便形でよくお目にかかります。「悲しう・苦しう」。）

エ段　えう《ヨー》（要）なし・けふ《キョー》（今日）　など。　［eu→yô］

先ほどの文章中では「西塔（さいたふ《ウ》↓さいトー）・静観（じやう《ヨー》くわん）・僧正（そうじやう《ヨー》）・陽勝（やう《ヨー》しよう）・坊（ばう《ボー》）・高欄（かう《コー》らん）・声のやう《ヨー》なる声・候ふ（さぶらふ《ウ》↓さぶロー）なり・請（しやう《ヨー》）ぜられければ」。

④助動詞「む」や助詞「なむ」などの「む」は、「ン」と読む。

例：言はむ《ワン》・今は罷《まか》りなむ《ン》　など。

(他に二つの規則を加えて挙げる教科書もあります。

⑤「ぢ・づ」は「ジ・ズ」と読む。

⑥「くわ・ぐわ」は、「カ・ガ」と読む。

⑤は現代日本語でも仮名づかいとして揺れることがあるので特別に歴史的仮名づかいとして扱わなくても問題が生じないと判断して載せない教科書もありますし、⑥も漢字音に関わる特殊ケースなのでやはり歴史的仮名づかいとして特別に扱わなくてもよいと判断して載せない教科書もあります)。

①は、日本語学の領域で「ハ行転呼《てんこ》」と呼ばれていることに関わっています。

②については、かつてワ行の仮名として「ゐ」「ゑ」が使われていました。ワ行音と考えられることから分かるように子音「w」ではじまる発音だったようです。この仮名がきちんと認識されないまま古文の学習が進んでしまい、それで躓《つまず》いてしまう人も少なくないようです。「ゐ」は漢字「為」の草書体「ゐ」がもとになっています。(日本語を日本語として書き記すために生み出された平仮名は、漢字の意味を外《はず》して、その音だけを利用する「万葉仮名」と

いったものを基本として生み出されたものです。「あ」は「安」の草書体「あ」が、「い」は「以」の草書体「い」がもとになっているという具合に）。「ゑ」は漢字「恵」の草書体「ゑ」がもとになっています。書くときは、「ゐ」のほうは、「る」を書くようにして、左下で折り返す部分をただ折り返すのではなく、丸くわっかを作るように書きます。「ゑ」は、まず「る」を書いて、その最後を左下に伸ばしていって、折り返し、鉛筆を右横に進めて一回止め、最後に「つ」を書くつもりで書いてください。下側を、「灬」のくずしのように書く人がいますが、「心」を草書体としてくずしたもの「心」ですから三回の折り返しがあるだけです。

③の長音の処理も慣れれば大したことはありません。この理屈から（古くからの読み習わしに従って）、「たまふ」は「タモー」と読まなくては駄目だという人もいます。しかし平安時代の発音が再現できるわけではないですし、「たまはず」のときには「タマワズ」と読むわけで、「タモー」と読むと「たまふ」という語が活用（変化）するときの読みに一貫性がなくなるとも考えられますから、「タマウ」という読みでもいいのではないかと思います。「言ふ」「思ふ」も同様で、「ユー」「オモー」と読まなくてはいけないという人がいますが、「イウ」「オモウ」と読んでいいと思います。

こうした規則はとても厄介に見えますが、現実に古文の作品を声に出して読もうとする時、あるいは声に出さず黙読するという時、これらの規則を一々思い出しながら読んでいる人は少ないようです。慣れてしまえば、これらの規則を思い出さなくても読めるようになるからです。読み慣れると無意識にできるようになります。とにもかくにも読み慣れが大事です。慣れるために文章内容を理解しつつ声に出して読む、これが古文の学習では一番大事です。

それではお話しの後半に行きましょう。人の気《け》に押された仙人は飛べなくなってしまいますが、或《あ》る事をしてもらって空に飛び帰ります。仙人は高僧のかつての弟子でした……。今度はきっと無理なく読めるはずです。「蚊の声」のような声でなく、大きな声でどうぞ。

年ごろの物語して「今は罷《まか》りなむ」とて立ちけるが、人気《ひとげ》に押されて え立たざりければ、「香炉《かうろ》の煙《けぶり》を近く寄せたまへ」と宣《のたま》ひければ、僧正《そうじやう》 香炉を近く差し寄せたまひける。その煙《けぶり》に乗りて空へ上《のぼ》りにけり。この僧正は年を経《へ》て香炉を差し上げて煙を立ててぞおはしける。この仙人は もと使ひたまひける僧の 行《おこ》なひして失《う》せにけるを 年ごろ〈怪《あや》し〉と思《おぼ》しけるに、斯《か》くして参《まゐ》りたりければ、〈あはれ あはれ〉と思《おぼ》してぞ常に泣きたまひける。

「罷《まか》りなむ」では難しい漢字を使っていますが「罷《まか》る」とは身分ある人の居る所から離れて行く

ときに使う語です。「斯《か》く」は指示語です。普通は「かく」と平仮名で表記しますが、本書では認識しやすくするため漢字表記にしますから、そのつもりで読んでください。このように、の意です。「**あはれ**」は現代語に直すのにとても困る言葉です。もとは喜怒哀楽どのような場面でも深く感動してふと漏らす「あぁ」という言葉なのですから。文脈に添って理解するしかありません。現代語訳ではちょっと意訳してみました。

現代語訳

何年にもわたる昔話をして「では帰ります」と言って（陽勝仙人が）立とうとしたところ、（普段は触れていない）人《ひと》の気《け》に気圧《けお》されて立つことができなくなってしまったので、「香炉《かうろ》の煙を近くにお寄せください」とおっしゃったので、僧正は香炉を近くに寄せなさった。その煙に乗って空へ飛び昇っていった。この僧正はずっといつも香炉を差し上げて煙を立てて読経をしていらっしゃったのだった。この仙人は（僧正が）もともとお使いなさっていた僧で、修行をしているうちに姿をくらましてしまっていたのを、（僧正は）ずっと奇妙に思っていらっしゃったのだが、こんな具合に参上なさったので、〈こんなにも人を超越した存在になりなさっていたのだ〉と思いなさってこのあといつも（思い出しては）泣いていらっしゃった。

お坊さんはまだ人間のうちですが、仙人は人間を超越しています。もともとは神仙思想（道教）と関わる存在で仏教とは相容《あいい》れない存在と考えられますが、仏道修行をしていくうちに仙人と化してしまうという具合に日本では独自のものに変化したようです。かつての弟子が人間を超越した存在になったのを見た師匠は感激して、そののち落涙しっぱなしということになるのですね。空中を飛行するのも面白いですが、ふだん人間界から隔たって生活をしているものですから、久し振りに声を発しようとすると「蚊の声のやうなる声」しか出せなくなっていたり、「人気《ひとげ》に押されて」飛べなくなってしまったり、というのも面白いですね。

「香炉《かうろ》」という、読みにくそうな漢語が出てきました。ここで、漢語の読み方について考えてみましょう。この文章には「西塔《さいたふ》」「静観《じやうくわん》」「僧正《そうじやう》」「尊勝《そんしよう》」「陽勝《やうしよう》」「坊《ばう》」「高欄《かうらん》」「請《しやう》ぜられ」「香炉《かうろ》」と、読むのに厄介そうな振り仮名（ルビ）が付いている漢語が出てきます。先ほどの四つの規則中の①と③とから読みを考えると、「サイトウ《トー》」「ジョウ《ジョー》カン」「ソウジョウ《ジョー》」「ソンショウ《ショー》」「ヨウショウ《ショー》」「ボウ《ボー》」「コウ《コー》ラン」「ショウ《ショー》ぜられ」「コウ《コー》ロ」となります。結局、現代日本語での普通の音読みをすることになるのです。「現在の日本語の発音のやり方を使って読もう」です。仏教語か何かでよほど特殊な読み方をする振り仮名（ルビ）が付いていない限り、知っている音読みでまず大丈夫です。「憲法十七条《けんぱふじふしちでう》」の読みもあまり深く考えなくてもいいのです。漢字音はもとは日本語として処理できない中国語としての音です。それをどうにか日本語の音として処理し、仮名でそれを表記しようとするものです。「たふ」「たう」「とう」、これらの仮名づかいの違いは専門的には説明がつきますが、漢字音の専門家でない限り普通に考えられる漢字の音読みに従って読むので問題ないと思います。

むしろ厄介なのは「御」という漢字の読み方です。「御返し」「御文」「御心」「御前」「御酒」「御歌」「御几帳」「御簾」という風に、敬意を示すために名詞の前に用いられる接頭語の「御」です。『源氏物語』などでは「おほむ」「おほん」と読むべきものがかなりあったと考えられ、とても高い敬意を示すための接頭語です。しかし現存している多くの写本では大抵「御」と漢字でしか書かれていません。写本のことは第二章でも触れますが、墨を含んだ筆で和紙に書き付けたものです（印刷技術が無かった昔は本はすべて筆で紙に書き写していました）。『源氏物語』などでは平仮名を主にして書き写されているのですが、「御」は漢字で書かれるばかりなので読み方が分かりません。「御」は名詞に付く接頭語ですから「御」があることで次に名詞があるよと示せるためだと考えられています。「御こゝろ」とあることで「御」の下に「こころ（心）」という名詞が来るよと示せるのです。「御」の読みには「おほみ」「おほん」「おん」「お」とがあります。順に敬意が低くなっていくと考えられ、「おほみ」「おほん」「おん」「お」

のどれで読むかは文脈から判断される敬意の高低に従うというのが正しい考え方かと思われますが、この判断は至難の技です。次に挙げる特別なものを除いて、全部「おほ《オ》ん」と読むことにしましょう。

「御」は和語に付くときなどに読み癖として「み」「お」「おほみ」と読むことがあります。「御門《みかど》」「御行《みゆき》」「御酒《みき》」「御法《みのり》」「御匣殿《みくしげどの》」「御簾《みす》」「御息所《みやすんどころ》」「御燈《みあかし》」・「御前《おまへ》」「御座《おまし》」・「御酒《おほみき》」「御歌《おほみうた》」などです。（「御心」などは「みこころ」なのか「おほんこころ」なのか判断に迷います。「みこころ」と読むことのほうが多いようですが）。また、音読みの語に付くときには「ぎょ」「ご」とも読みます。「御意《ぎよい》」「御製《ぎよせい》」・「御所《ごしよ》」「御覧《ごらん》ず」「御斎会《ごさいゑ》」などです。ただし「御仏名《おぶつみやう》」「御几帳《みきちやう》」「御格子《みかうし》」「御随身《みずいじん》」「御修法《みずほふ》」といった例外もあります。

古文の学習で大切なことは声に出して読むことです。「歴史的仮名づかい」に慣れるためにもまず声に出して読み慣れてください。

第二章

ワブンは「やまことば」でできている

――古文の文章は和語で書かれるのが基本――

『枕草子』初段「春は曙《あけぼの》」

さて、今度は『枕草子』の中でも最もよく知られている初段を読んでみましょう。難しい言い回しがなく助動詞もあまり使われていないため古文独特の語の意味さえ分かれば読解できます。そのため重宝がられている章段です。まずは声に出して読んでみましょう。

春は曙《あけぼの》。やうやう白くなりゆく山際《やまぎは》少し赤《あか》りて　紫だちたる雲の細く棚引《たなび》きたる。

夏は夜。月の頃はさらなり。闇もなほ。蛍の多く飛びちがひたる、また　ただ一つ二つな

ど ほのかにうち光りて行くも をかし。雨など降るも をかし。

秋は夕暮《ゆふぐれ》。夕日の差《さ》して 山の端《は》いと近うなりたるに、烏《からす》の寝所《ねどころ》へ行くとて三つ四つ二つ三つなど飛び急ぐさへあはれなり。まいて雁《かり》などの連《つら》ねたるが いと小さく見ゆるは いとをかし。日入《い》り果《は》てて 風の音《おと》・虫の音《ね》など はた言ふべきにあらず。

冬は早朝《つとめて》。雪の降りたるは言ふべきにもあらず。霜のいと白きも またさらでも いと寒きに火など急ぎ熾《おこ》して炭持《も》て渡るも いとつきづきし。昼になりて ぬるく ゆるびもていけば、火桶《ひをけ》の火も白き灰がちになりて わろし。


「曙《あけぼの》」は辺りがだんだんと白んでくる夜明け方のことです。「暁《あかつき》」が一日の始まりで暗い時分であり、そこから次第に「曙」の時間帯に移ると理解するとよいでしょう。「やうやう」は時間がゆっくりと推移する様子を言うときに使われます。だんだんと・徐々に、です。「山際《やまぎは》」は山が空に接している、空の方を言います。「赤《あか》りて」は「明るい」のもととなった語と関係する語です。「あか」という言葉を含んでいますから、文字通りには赤みを帯びる様子を言います。「さらなり」は「言うのも今更《いまさら》である」で、言うまでもない、です。「なほ」は今まで同様に・やっぱり、です。「山の端《は》」は山の端っこの、木々が生えている稜線の方を言います。「さらでも」は「さあらでも」で、そうではなくても、となります。「**つきづきし**」はいかにも似つかわしい、ぴったりだという意味のことばです。

現代語訳

春はなんと言っても白みがかった夜明けどき。次第に白くなっていく山際の空のあたりが少し赤みを帯びて、そこに紫色をした雲が横に細長く筋を引いている様子。

夏はなんと言っても夜。月が出ている頃は言うまでもない。（月の出ていない）闇夜もやっぱり悪くない。蛍がたくさん乱れ飛んでいるのもいいし、また（そうではなくて）ただ一つ二つがほのかに光って飛んで行くのも趣がある。（闇夜で）雨などが降ってい（涼しい感じであ）るのも趣がある。

秋はなんと言っても夕暮れどき。夕日が差して山の端《は》にとても近づいて来ているころに、烏がねぐらに帰ろうとして三羽四羽あるいは二羽三羽と飛び急いでいる様子までもがしみじみと感ぜられる。（烏なんて風情の無い鳥でさえそうなのだから）ましてや雁《かり》などが列を作っているのがとても小さく見えるのは大変趣がある。日がすっかり沈んでしまって（辺りが暗くなり）風の音《おと》や虫の音《ね》など（が聞こえてくる素晴らしさ）はもう言うまでもない。

冬はなんと言っても早朝時分。雪が降り積もっているのは言うまでもない。霜がとても白いのも、また白い霜が降りていなくても、とても寒い時に（女官なんかが）火などを急いで熾《おこ》して（カンカンに熾《おこ》った）炭を（火持ちに入れて）持って廊下を渡るのも（寒い冬の朝に）いかにも似つかわしい。昼になって（寒気が）だんだんとゆるんでくると、火桶の火も（誰も面倒を見なくなって）白い灰が多くなってちょっと嫌な気がする。

春夏秋冬という四季折々の趣が「曙《あけぼの》」「夜」「夕暮」「早朝《つとめて》」といった一日のうちの時間帯で切り取られて述べられていて、清少納言の感性のするどさがよく示されている章段です。季節の風情を言う時には季節を特徴づける「物」を引き合いに出すのが普通です。春に桜・夏に郭公《ほととぎす》・秋に紅葉《もみじ》・冬に雪、といった具合です。それを、時間という同じ尺度、一日の中の四つの時間帯「明け方・早朝・夕方・夜」で評しています。ここでは一年∨四季∨一月《ひとつき》∨一日《いちにち》∨一日の中の時間帯、という区分のうち一番下位の一日の中の時間帯が三段階くらい上位のより大きな部分の特性を示すのに使われています。上と下とが入れ替わって引っ繰り返しになるような奇妙な感じがします。部分の性質をいうのに、その部分を含んでいる上位の部分の性質を用いることはあるように思います、春だから今日は暖かい、とか。ここでは逆なのです。

さて、この章段を持ってきたのには訳《わけ》があります。よく知られた章段ですが、ある観点から見ると、この章段は当時の和文のあり方を典型的に示しているものだからです。

和語と漢語という区別をご存知でしょうか。この日本列島で古くから使われ共通して用いられていた言葉を「大和言葉（やまとことば）」と言います。きちんと定義しようとすると厄介な問題がたくさん出てきますから、この日本列島内で独自に使われていた言葉とおよそ理解してください。これが「大和言葉」、「和語」ですね。そこに中国大陸から、主として朝鮮半島経由で中国語が入って来ます。本格的な流入は三世紀から四世紀ころと考えられています。「話される言葉として」というだけでなく、「ものに書かれた言葉として」も入って来ます。それまで文字というものを持たなかった日本列島の人々は大変な驚きで接したようです。幾《いく》つかの段階を経るようですが、はじめ文字としての漢字は中国大陸で話されていた言葉としての発音を伴って、その発音を通して受容されていたようです。「山」「川」「人」といった漢字はその意味と同時に「san《サン》」「sen《セン》」「jin《ジン》」という音を持つものとして理解されるわけです（ここでは話しを簡単にするため、現代日本の漢字の通用音を用いて説明しています）。この音をこの漢字の発音として受容します。これを漢字の音《オン》と言います。ふつう「漢語」と言うのは中国大陸から伝わってきた漢字がそのままの発音に近い発音で受容されているのを言うわけです。したがって「山」「川」「人」という字は「サン」「セン」「ジン」という音で読まれているかぎり「漢語」と言えます。「未来《ミライ》」「事実《ジジツ》」「難解《ナンカイ》」といった、漢字音で読まれる二字以上からなる語もまた漢語と言えます。

「和語」と「漢語」の区別が分かってもらえたでしょうか。

それでは『枕草子』初段の中で漢語はいくつ使われているでしょうか。「漢語」は漢字で表わし、「和語」は平仮名で表わすことにして『枕草子』初段を書き出してみます。

はるはあけぼの。やうやうしろくなりゆくやまぎはすこしあかりてむらさきだちたるくものほそくたなびきたる。

なつはよる。つきのころはさらなり。やみもなほ。ほたるのおほくとびちがひたる、またただひとつふたつなどほのかにうちひかりてゆくもをかし。あめなどふるもをかし。

あきはゆふぐれ。ゆふひのさしてやまのはいとちかうなりたるに、からすのねどころへゆくとてみつよつふたつみつなどとびいそぐさへあはれなり。まいてかりなどのつらねたるがいとちひさくみゆるはいとをかし。ひいりはててかぜのおとむしのねなどはたいふべきにあらず。
ふゆはつとめて。ゆきのふりたるはいふべきにもあらず。しものいとしろきもまたさらでもいとさむきにひなどいそぎおこしてすみもてわたるもいとつきづきし。ひるになりてぬるくゆるびもていけば、ひをけのひもしろきはひがちになりてわろし。

このように漢語はひとつも使われていません。教科書では古文は現代日本語にならって「漢字仮名交じり」で表記するようにしていますから、和語と漢語とに特に着目しない限り、どれくらい和語が使われているかは意識されません。

それまで文字を持たなかった日本人は漢字が中国大陸から伝わって漢文でものを書き記すことができるようになりました。はじめのうちは漢文で書き記すことしかしていなかったのですが、そのうちに日本の地名を書き表わすために漢字から意味を除いてその音だけを利用して書き表わそうして「夷与」「夷波例」「乎沙多」といった表記上の工夫をしはじめます（それぞれ地名「いよ」「いはれ」「をさだ」です）。その工夫が和歌に及んだのが「夜未乃欲能　由久左伎之良受由久和礼乎　伊都伎麻佐牟等　登比之古良波母」といったかたちで書き表わされる『万葉集』の歌で使われている万葉仮名というわけですね（「やみのよの《闇の夜の》　ゆくさきしらず《行く先知らず》　ゆくわれを《我を》

『いつきまさむ』と とひしこらはも』《「何時来まさむ」と問ひし子らはも》。防人に駆り出された父親が子供に「いつ帰ってくるの」と聞かれたことを詠んだ歌です。青年が恋人に聞かれたとする解釈もあります）。これが九世紀の時期に、カクカクと角張った漢字の文字から、草書体を利用して画数少なくまあるい曲線で書かれるようになったのが平仮名というわけです。文章を書くためというより、男性と女性とのあいだで恋文《ラヴレター》としての和歌を贈り合うために平仮名は登場したようです。

このころの平仮名は歌に使われるだけだったのが、やがて日常生活で使っている話し言葉としての日本語を、日本語として散文で書き記そうとする試みがなされ、実際に書くことができるようになります（それまで散文は漢文で書き記すしかできないものでした）。

このころの書き言葉は、男性がお役所で用いる漢文と、主として女性が日常生活上で用いる仮名の文章と、二極に分かたれて使われていたわけですね。ですからどちらかというと、仮名文ではできる限り漢語は用いず、和語だけで書こうとする傾向が強かったようです。平安期の和歌では全くと言っていいほどに漢語は使われていません。散文においても「世界《せかい》」「天《てん》」「僧《そう》都《づ》」「大納言《だいなごん》」「中納言《ちゅうなごん》」「女御《にょうご》」「更衣《かうい》」「装束《さうぞく》」「格子《かうし》」「化粧《けさう》」「前栽《せんざい》」「御覧《ごらん》ず」「本意《ほんい》」のような、どうしても漢語を使わなくては言い表わせない場合を除いて、漢語を使うことが避けられているようです。

日本語なのだから和語は当たり前と思うかもしれませんが、現代日本語では漢語が四割くらいの割合で使われています。和語は五割くらいの使用頻度です。平安期の散文作品ですと、和語は九割五分くらいの割合で使われています。この和語中心の文章に漢語が徐々に用いられるようになり、こうした和漢混淆文は平安時代から時代が下《くだ》って院政期ころ（十二世紀ころ）から積極的に使われ始めたようです。

中勘助《なかかんすけ》の『銀の匙』という小説をご存知でしょうか？　美しい日本語で書かれているということで有名です。彼は夏目漱石門下の一人として数えられる小説家ですが、漢語が多い漱石の文章を「耳を無視する」と評しています。対して『銀の匙』の美しい日本語は和語のつかいこなしから来ているものと思われます。ちょっと抜粋してみます。「ある晩かなりふけてから私は後《うしろ》の山から月のあがるのを見ながら花壇のなかに立っていた。幾千の虫たちは小さな鈴をふり、潮風は畑をこえて海の香と波の音をはこぶ。離れの円窓《まるまど》にはまだ火影《ほかげ》がさして、その前の蓮瓶《はすがめ》にはすぎた夕だちの涼しさを玉にしている幾枚の葉とほの白くつぼんだ花がみえる。私はあらゆる思いのうちでもっとも深い名のない思いに沈んでひと夜ひと夜に不具《かたわ》になってゆく月を我を忘れて眺めていた」。

翻訳家として現代日本語の持つ性質を深く考えていた神西清《じんざいきよし》は、現代日本語が漢語によって駄目になってしまったと歎いたあと次のように言っています。「その昔わが散文も、粘着力に富み、音楽性に豊かな、美しい時代があった。わたしはその最高潮を平安初中期に見いだし、あの頃の小説作品を、言いようのない懐かしさと、不思議な驚きの念をもって、回顧するのである。竹取にはじまり源氏に終わる一聯《いちれん》の仮名がき物語がそれである」と。

古文が和語を主体として書かれていることを意識することで、和語が使いこなされている古文の文章の面白さが分かるようになります。古文の文章は日本語らしい日本語と言うことができるものです。

さて、先ほどの平仮名で書き出してみた『枕草子』初段はすんなり読めましたか？　実はとても読みにくかったのではないでしょうか。これには理由があります。書記言語すなわち書かれた言葉においては語句を他から区別して「ここで一語です」「ここで一語句です」と標示してやることが大切です。現代日本語においてはこの「表語性」が漢字仮名交じり文で書かれることによって獲得されています。よく使われる「ここではきものをぬいでください。」という文が困るのは漢字仮名交じり文で記されず、仮名ばかりでどこからどこまでが一語であるかが標示されていないためです。「ここでは着物を脱いでください。」とか「ここで履き物を脱いでください。」と漢字仮名交じりにしてやれば問題は解決します。平仮名ばかりの活字の文章は読みにくいのです。

『枕草子』の或る写本では初段の冒頭のあたりは次のように書かれています（能因本という写本のものです）。

変体仮名と呼ばれる文字が使われていて、例えば「しろく」の「し」のところには「志」が使われていて読みにくいかも知れません。写本では濁点も句読点も使われません。それでも読み解くのに困らなかったようです。仮名はすべて今の仮名に直して活字にしてみましょう。

春はあけほのやう〳〵しろくなりゆく山きはすこしあかりてむらさきたちたる雲のほそくたなひきたる夏はよる

「〳〵」は繰り返し記号（踊り字）と呼ばれているもので、「すぐ上の複数文字分を繰り返す」を意味します。ここでは「やう」を繰り返すことになります。細かな説明は省きますが、どのあたりがどの活字の仮名と合致するのかがおよそ分かってもらえればそれでかまいません。

写本を再度見てください。英語の筆記体に似ている感じがしませんか。一語句と考えられる一まとまりは文字と文字とが切られないで連続して書かれていること（「連綿《れんめん》」と言います）、語句と語句とのあいだが切り離されて切れ目が示されていること（「分かち書き」と言います）にお気づきでしょうか。連綿でつながっていると見えるところに傍線を付けてみましょう。

春はあけほのやう〳〵しろくなりゆく山きはすこしあかりてむらさきたちたる雲のほそくたなひきたる夏はよる

連綿と分かち書きとによって写本においては表語性が獲得されています。読み手はそれらによって語句の認識がほぼ出来るのです。こうした連綿や分かち書きは細大漏らさず厳密に行なわれている訳ではありませんが（例えば「たな　ひきたる」とかは一語になっていると言えません）、およその傾向として指摘できるようです。

しかし活字にすると、こうした連綿や分かち書きによる表語性がなくなってしまうのです。

例えば次のような例はいかがでしょう？

「いとけなきときより」「くちをしくおぼえて」「いとうつくしうてゐたり」
「いかでかいまする」「かくしつつまうでつかうまつりけるを」

すべて高校一年生の古文の教科書からのものです。表語性があるならば抜粋してきても語句を認識するのに苦労しないはずですが、これらは文脈や読み手の持っている古文の語彙に依存して読解する前提となっているらしく、これらだけでは解釈に手間どってしまいます。「いと毛無《けな》き時より」「口《くち》を敷《し》く覚えて」「厭《いと》う土筆《つくし》うてゐたり」「烏賊《いか》で垣間《かいま》する」「隠《かく》しつつ詣でつ、斯う祭りけるを」、まさかこんな風に理解することはないかもしれませんが、「いとけなし（幼い）」とか「くちをし（残念だ）」といった古語を知らない人が、そう理解しても仕方ありません。

これらは、

Mymotherwenttotheschooltoseemyhomeroomteacher.

という英文を、意味を判断しながら中から語を見つけ出し、そして一文を読み解くのと同じ類いなのです（きちんと書くと My mother went to the school to see my homeroom teacher. です。英語は語と語との間に半角スペースを入れることで表語性が獲得されています）。英語の語彙が身についていないと区切って読むことができないはずで、古文を活字に直した文章では部分的に同じことを読み手に対して強いていることになります。

しかしこうしたことに配慮がなされて古文の活字本文ができていることはあまりありませんから不満ばかり言っているわけに行きません。「いとけなし」「くちをし」などは「幼《いと》けなし」「口惜《くちを》し」と漢字を宛てれば済む話しですが、古語「うつくし」と現代語「うつくし」とでは意味が違いますから「いとうつくしうて」に漢字を宛てるのは難しいでしょう。和語で書かれていた古文の文章を活字に置き直すときには平仮名で示されていることが多いのだと考え、一語一語をしっかり把握しながら読み進めることが大事だということになります。第一章で声に出してしっかり読んでくださいと言ったことは、音読して語句をしっかり認識できるようになってくださいということでもあるのです。読み慣れがとても大事なのです。

最後に面白い遊びをしてみましょう。平仮名だけの次の文章を、意味を取りながら声に出して読んでみてください、あるいは漢字仮名交じりで書き出してみてください。ちょっと難しいかもしれませんが、古文の語彙や感覚が身に付いてくると出来るようになってきます。表語性がないのを逆手《さかて》に取った実力養成編です（解答編に本書なりに漢字仮名交じりにしたものを載せました。参考にしてください)。

なつはよるつきのころはさらなりとせいせうなこんのいひけるさることそかしくれはてて
ゆふやみのほとはしはしものむつかしけなれとそれもやりみつのほとりにかかりひたかせな
とすれはをかしきほとなるひかりにこのはのいろのあをやかにきらきらとみえたるいとすす
しけなりつきいててはまたさらにいはむかたなしはしゐしてなかむるにあきよりもまさりて
あかすこそあれ

江戸時代の藤井高尚《ふじいたかなお》という人が書いた擬古文です。『枕草子』初段で清少納言が述べている
ことに賛意を表明しつつ「夏の夜」の素晴らしさを述べています。やはり「清少納言《せいせうなごん》」という
語のほかに漢語は使われていません。

第三章

とにかくながーい一文

——古文の文章は当時の話し言葉が基本、それゆえ一文が長いことが多い——

『宇治拾遺物語』一三二「則光　盗人を切る事」

この章で扱う古文の文章には橘　則光《たちばなののりみつ》という男性が登場します。清少納言の夫だった人です。二人はともに十六・七歳のころに結婚をし男の子も一人できますが、やがて疎遠になってそれぞれに再婚をします。貴族として名家の出《で》である則光《のりみつ》ですが、貴族というよりはどちらかというと武士のようで武骨な感じです。歌を詠むのが苦手で繊細さに欠け、そのため清少納言から嫌われていたように『枕草子』では描かれています。お話しは『宇治拾遺物語』からです。平安京の大内裏《だいだいり》の近くで盗賊とおぼしき連中三人をバッタバッタとやっつけるお話しです。

則光はたった一人小舎人童《こどねりわらわ》を連れて女性の所を訪れようと夜に都大路《みやこおおじ》を歩いていたところ、三人組から声を掛けられます。盗賊のようです。まず最初の一人目をちょっとした計略で倒します。そこまでを読んでみましょう。心の中の思いや会話文でない、「地《ぢ》の文《ぶん》」と呼ばれているところで句点「。」が出るところまでを声に出して一息で読んでみてください。

若くて、衛府《ゐふ》の蔵人《くらうど》にぞありける時、宿直所《とのゐどころ》より女の許《もと》へ、大刀《たち》ばかりを佩《は》きて、小舎人《こどねり》童《わらは》をただ一人具《ぐ》して、大宮を下《くだ》りに行きければ、大垣《おほがき》の内に、人の立てる気色《けしき》のしければ、〈恐《おそ》ろし〉と思ひて過ぎける程《ほど》に、八九日《やうかここぬか》の夜更《ふ》けて、月は西山に近くなりたれば、西の大垣の内は、影《かげ》にて人の立てらむも見えぬに、大垣の方《かた》より声ばかりして、「あの過ぐる人　罷《まか》り止《と》まれ。公達《きんだち》のおはしますぞ。え過ぎじ」と言ひければ、〈さればこそ〉と思ひて、素早《すすど》く歩《あゆ》みて過ぐるを、「おれは、さては罷《まか》りなむや」とて、走り掛かりて、者の来《き》ければ、俯《うつぶ》きて見るに、弓の影は見えず、大刀のきらきらとして見えければ、〈弓にはあらざりけり〉と思ひて、掻《か》い伏して逃ぐるを、追ひ付きて来《く》れば、〈頭《かしら》うち破《わ》られぬ〉と覚ゆれば、俄《にはか》に傍《かたは》らざまに、ふと寄りたれば、追ふ者の走り速まりて、え止《とど》まり敢《あ》へず、先に出《い》でたれば、過ごし立てて、大刀を抜きて打ちければ、頭《かしら》を中より打ち破《わ》りたりければ、俯《うつぶ》しに走り転《まろ》びぬ。

いかがですか？　句点で切るところまでを一文であると考えると、これで一文です。四百字詰原稿用紙一枚強の分量です。「一息で」というのはちょっと難しかったですね。古文でお目に掛かる文章はこのようにとても長いケースがあります。出典が『宇治拾遺物語』だから、という訳ではありません。どんな作品にもだらだらと長く書き綴られた文が出てくることがあるのです。『源氏物語』でも『枕草子』でも『大鏡』でもetc.、多くの作品に長い文が出てきます。いま読んでいただいた文章では或る注釈書の読点をそのまま使ってみました。文の流れを捕まえて文意を把握することができたでしょうか。

二人目の盗人もちょっとした計略で倒します。そこまでを、読点だけでなく斜線・半角スペースを使って区切った文章で示してみます。何がどうなったのか事の次第を考えながら、前掲のものと比べつつ、読点「、」で一呼吸入れるつもりで、声に出して今一度読んでみてください。

若くて衛府《ゑふ》の蔵人《くらうど》にぞありける時、宿直所《とのゐどころ》より女の許《もと》へ大刀《たち》ばかりを佩《は》きて小舎人童《こどねりわらは》をただ一人具《ぐ》して大宮を下《くだ》りに行きければ、大垣《おほがき》の内に人の立てる気色《けしき》のしければ、〈恐《おそ》ろし〉と思ひて過ぎける程《ほど》に、／八九日《やうかここぬか》の夜更《ふ》けて月は西山に近くなりたれば、西の大垣の内は影《かげ》にて人の立てらむも見えぬに、大垣の方《かた》より声ばかりして「あの過ぐる人　罷《まか》り止《と》まれ。

公達《きんだち》のおはしますぞ。え過ぎじ」と言ひければ、〈さればこそ〉と思ひて素早《すすど》く歩《あゆ》みて過ぐるを、／「おれは さては罷《まか》りなむや」とて走り掛かりて者の来《き》ければ、俯《うつぶ》きて見るに、弓の影は見えず大刀のきらきらとして見えければ、〈弓にはあらざりけり〉と思ひて掻《か》い伏して逃ぐるを、／追ひ付きて来《く》れば、〈頭《かしら》うち破《わ》られぬ〉と覚ゆれば、俄《にはか》に傍《かたは》らざまにふと寄りたれば、追ふ者の走り速まりて え止《とど》まり敢《あ》へず先に出《い》でたれば、過ごし立てて大刀を抜きて打ちければ、頭《かしら》を中より打ち破《わ》りたりければ、俯《うつぶ》しに走り転《まろ》びぬ。〈良《よ》う しつ〉と思ふ程《ほど》に、「あれは いかにしつるぞ」と言ひて また者の走り掛かりて来《く》れば、大刀をも え差し敢へず脇に挟《はさ》みて逃ぐるを、／「けやけき奴かな」と言ひて走り掛かりて来る者 初めのよりは走りの疾《と》く覚えければ、〈これは よも ありつるやうには謀《はか》られじ〉と思ひて俄《にはか》に居《ゐ》たりければ、走り速まりたる者にて我《われ》に蹴《け》躓《つまづ》きて俯《うつぶ》しに倒れたりけるを、違《ちが》ひて立ち掛かりて起こし立てず 頭《かしら》をまた打ち破《わ》りてけり。

いかがでしょう。読点など以外、本文は全く同じです。長い文章は幾つかの大きなまとまりを連ねたようになっていますので、その大きなまとまりを示すことに注意しながら区切ってみました。

言葉の説明をしましょう。「**衛府《ゑふ》の蔵人《くらうど》**」というのは、宮中を警護する役所「**衛府《ゑふ》**」の武官であると同時に天皇の秘書である「**蔵人《くらうど》**」という文官を兼ねていた時に、ということです。文武両道というわけでそれなりの出世コースに乗っているようです。長徳三年（西暦九九七年）くらいで則光三十三歳くらいのお話しと推測されます。宮中の、役人が寝泊まりする「**宿直所《とのゐどころ》**」に夜中まで居て、そこから当時付き合っていた女性のところに通って行こうとして「**小舎人童《こどねりわらは》**」（身辺の雑用をさせる召使いの少年）一人だけをお供として連れて行っていたのですね。「**大刀《たち》ばかりを佩《は》きて**」と難しい漢字「佩」を宛てましたが、「靴を履《は》く」とか「ズボンを穿《は》く」とかと同じ動詞です。腰から下に物をつけることに大和言葉（和語）では「はく」を使います。文脈に見合う意味から漢字を宛てているだけです。刀は帯に差すものではなく腰からぶら下げるようにして身に付けるものだったので「佩く」と言います。また、私たちがよく知っている湾曲して反《そ》りのある日本刀は物を撫《な》で切りにするのですが、もとは物を一点で切り分ける直刀だったからでしょうか、「頭《かしら》」のように固くて大きな物のときには動詞「**破《わ》る**」が使われます。平安京の一番北の真ん中に当時の官庁街である「大内裏《だいだいり》」がありました。官庁街ですからその大きさは大したもので南北に1.4ｋｍ東西に1.2ｋｍの広さです。そのすぐ東側を、「**大宮大路**」（道幅36ｍくらいの大通りです）が南北に通っています。そこを彼女の家めざして南に下っていた訳ですね。季節はいつと分かりませんが、仮に旧暦の八月とすると「**八九日《やうかここぬか》**」の月が西山に近づいている時間帯ですから、夜九時過ぎくらいとなるでしょうか。平安京は南には山がなく、西と北と東との三方を山に囲まれています。その西側にある山を「**西山**」、北にある山を「北山」、東にある山を「東山」と言います。月は西山に沈もうとしているのですから、大内裏の東側に居る則光からすると、大内裏を囲む塀は月の側となり、塀の近くに居る人間はちょうど月の光が遮《さえぎ》られた所に居ることになって、人が居るのかどうか分からないのです。そのあたりから声がしてきたという訳です。「**罷《まか》り止《と》まれ**」の「**罷《まか》り**」は動詞「止まる」に丁寧な意味を添えるために用いられています。盗人と思われますが、一応は丁寧な物言いをしているのです。「**公達《きんだち》のおはしますぞ**」と、身分の高いお方がいらっしゃるのだから挨拶もなく通り過ぎるのは無礼だろうと、変な言いがかりをつけて呼び止めようとします。こういったところは昔も今も変わらないようですね。「**え過ぎじ**」とは「え＋動詞＋打消」の言い方で、通り過ぎることはできない、の意です。あとは手に汗握るアクションシーンです。現代語訳から思い浮かべてみてください。

現代語訳

（則光が）若いころで衛府《えふ》の蔵人《くろうど》であった時に（宮中の）宿直所《とのいどころ》から女の所へ行こうと大刀《たち》だけを身に帯びて小舎人童《こどねりわらわ》をたった一人連れて（大内裏のすぐ東を通っている）大宮大路を下って行っ

ていたところ、（大内裏の）大きな塀の辺りに人が立っている気配がしたので〈恐ろしいことだ〉と思って通り過ぎていたとき、八九日の（月初めの）夜が更《ふ》けて月は西山に近くなっていたので西の大きな塀の辺りは（月の光が届かず）影《かげ》になっていて人が立っているようなのも見えないでその大きな塀の方から声ばかりがして「そこの通り過ぎようとしている御方《おかた》、止まりなさい。身分ある方がいらっしゃるのですぞ。（そのまま）通り過ぎることはできますまい」と言ったので、〈やっぱりな〉と思って急いで歩を進めて通り過ぎようとするのを、「お前は、ではこのまま立ち去ろうというのか」と言って人が走り掛かって来たので顔を下にして見たところ、弓の姿は見えず大刀がきらきらと光って見えたので、〈弓ではなかったわい（飛び道具でなければ、どうにかなるかもしれない）〉と思って姿勢をぐっと低くして逃げようとするのを、追い掛けてくるので〈このままでは頭を打ち割られてしまう〉と思ったので急に脇にさっと寄ったところ、追って来ていた者のスピードは速くなりすぎて止まれなくなり先に出てしまったので、やり過ごして大刀を抜いて打ちつけたところ、頭を真ん中から打ち割ったので、（相手は）前のめりに走り倒れた。〈してやったり〉と思ったときに、「あれはどうしたのだ」と言って別に人が走り掛かってきたので、大刀を（鞘《さや》に）戻すことも出来ず脇に挟んで逃げようとするのを、「こしゃくな奴め」と言って走り掛かって来る者は一人目の者より足が速そうに思われたので、〈今度はよもやさっきのようにはだまされてくれないだろう〉と思って急にしゃがみ込んで座ったところ、スピードが出過ぎた者として則光の体に蹴《け》躓《つまず》いてうつぶした格好で倒れ込んだのを、そのまま逆方向から襲いかかって起き上がらせず頭をまた打ち割ってしまった。

和文で文章を書き始めたころ、仮名で書く文章には規範《モデル》となる書き方というものがありませんでした。第二章で示したように、仮名が生み出された後、仮名を用いて文章を書くことを手探り状態で実験的にやってみるより仕方がなかったのです。漢文訓読文や和歌なども参考にしますが、多くは自分たちが普段使っている話し言葉を真似て書く事をやってみます。そうすると長くなってしまうわけです。皆さんもやってみると分かりますが、話し言葉で話していると きは文をきっちり言い切る訳ではなく、いつ切れるか分からないような感じでだらだらと終わるともなく話し続けている場合が多いのです。古文の文章はそのように話し言葉を一つの目安として出来ているためだらだらと長くなってしまっているのだと言われています。

第二章で見たような写本を、活字に直すとき明確なきまりはありません。どこに漢字を宛て、どこにルビを付し、どこに句読点を補うかにきまりはないのです。とくに句読点はかつて使われていませんでした（「、」が読点、「。」が句点です）。ですから、活字に直すとき、直す人がそれぞれ自由に句読点を補います。そのため大抵は語句の切れ目と思えるところに読点を振り、述部が一つあるとその度毎に読点を振るという大原則が立てられています。それだと短く切られ過ぎてしまい、読んでいる側は文意の大きな流れが見えなくなってしまうのです。

「若くて、衛府《ゑふ》の蔵人《くらうど》にぞありける時」はひとまとまりと考えられるので「若くて、」の読点は消しました。「宿直所《とのゐどころ》より女の許《もと》へ、」も「大刀《たち》ばかりを佩《は》きて、」も「小舎人童《こどねりわらは》をただ一人具《ぐ》して、」もすべて「大宮を下《くだ》りに行きければ、」に係《かか》っています。ですから、それぞれの読点を消しました。同様にして「大垣《おほがき》の内に、」の読点を消します。「〈恐《おそ》ろし〉と思ひて過ぎけるほどに、」までがこの一文の中で冒頭に位置して、則光が、その人生のいつぐらいに、どこからどこに向けてどういう様子で赴こうとし、どういう事態に出くわして、どう思ったか、が大きく示されていることになりますので「、／」を付けたという訳です。こうして出来るだけ文の流れを見やすくしたのが三十七―三十八頁に挙げた本文です。

こんな風に読点を消したり残したり「、／」を入れたりして文の流れを見やすくするときの目安としては、「〜とき、」「〜するほどに、」あるいは接続助詞「ば、」「ども、」「を、」「に、」の読点は残し、それら以外の読点を消して、大きなまとまりを確認するとよいでしょう。

現代日本語で説明しましょう。

①　ア パンを食べながら、イ 走りましたけれど、ウ 遅刻してしまいました。

②　a 遅刻しそうですから、b パンを食べながら、c 走りましょう。

接続助詞というものが文を切るときの目印になります。①②の例文中ですと、「ながら」「けれど」「から」がそれに当たります。

傍線部ア「パンを食べながら」は、傍線部イ「走りましたけれど」、傍線部ウ「遅刻してしまいました」、どちらにかかっていきますか？　答えは傍線部イです。

では②ではどうでしょう？　傍線部 a「遅刻しそうですから」は、傍線部 b「パンを食べながら」、傍線部 c「走りましょう」、どちらにかかっていきますか？　答えは c「走りましょう」にかかっていく、です。

文の中で同じ位置に接続助詞が使われているのにもかかわらず、「かかり受け」に違いが出てきます。そうなる理由は、接続助詞に力の強い弱いがあるから、です。「ながら」という接続助詞は力が弱いためア「パンを食べながら」はイ「走りましたけれど」に含まれる結果となり、「パンを食べながら、走りましたけれど」でひとまとまりになってウ「遅刻してしまいました」にかかっていくことになります。「から」は力が強いためａ「遅刻しそうですから」はｂ「パンを食べながら」に含まれることにはならず、結果として「パンを食べながら、走りましょう」全部にかかっていくことになるのです。「ながら」「けれど」「から」には、「ながら」＜「けれど」、＜「から」の力関係があるということになります。

同じようなことを古文の接続助詞などについて調べていきますと、およそ

て・つつ・ながら・で（打消）・連用形　　弱い助詞

＞

ば（確定）・ば（仮定。仮定「は」も）・ども（ど）・とも・

ものの・ものから・ものゆゑ　　強い助詞

＞

を・に・（が）　　力関係に関わらない助詞

となります。「連用形」と言うのは、「食べ、飲み、寝た。」の一文中の「食べ」「飲み」のこ

とで、助詞が付かないでうしろにつながっていくものを言います。

特に、接続助詞の「を」「に」は、後続の部分に対して原因を示すとか逆接を示すといった条件構成力を持っていないため、だらだらと内容をつなげていく際によく使われます。ですから長い一文に遭遇したら、とにかく「ば、」「とも、」「ども、」「を、」「に、」の読点はそのままに、他の読点を無いことにしながら、文意の大きなまとまりを見つけ出して読解に努めるとだいたい上手《うま》く行くはずです。本書ではこの消して行く読点のほうを「小さな読点」、残していく方の読点で「強い助詞」を「中位の読点」、「力関係に関わらない助詞」を「大きな読点」と呼ぶのがよいかと思っています。本書で古文の原文を示すさい「中位の読点」と「大きな読点」とにはあまり区別をつけないでいますが、この則光の本文では特に「中位の読点」に「、」を、「大きな読点」に「、／」を付けて区別してみました。

読点を打つときには或る方向性さえ示せればいいので絶対こうでなくてはならないというやり方がある訳ではありません。どの読点を残すか、どういった記号を用いるか、そうしたことは人それぞれです。絶対的な正解はありません。理解していただきたいことは、古文の活字の文章では不必要なくらい読点が多く付いていることがあるので、それらを勘案して大きなまとまりを見つけ出し、文意の流れを把握することをしっかりやってみましょう、ということです。

いま読点の打ち方について述べたことは、じつは本多勝一という人が文章の書き方について述べた『日本語の作文技術』という本の中で「テンというものの基本的な意味は思想の最小単位を示すものだ」「必要なところ以外には打つな」と、現代日本語の読点の打ち方について述べているのと同じことだろうと思います。第二章で見た中勘助の文章での読点の使い方も同じだろうと思います。

また、文豪谷崎潤一郎が『文章読本』で、このだらだらとした日本語について言及していま す。このダラダラ文を「流麗な調子」と呼び、「けれどもひそかに思いますのに、これこそ最も日本文の特長を発揮した文体でありますから、願わくはこれを今少し復活させたいものであります」と言っています。谷崎はダラダラ文に日本語の特長を見ていたようです。谷崎の『細雪』を読んでみてください。四百字詰め原稿用紙二枚くらい平気で一文が続きます。普通に言われている「文はできるだけ短く書きなさい」とは逆方向の主張です。どちらが良いのかは実際に書かれた文章が読みやすいか読みにくいかとか文章の調子といったことに関わることなので、にわかに結論は出ないでしょう。

この本文の後半ではアクションシーンが描かれています。映画では短いカットを幾《いく》つも積み重ねて描くところでしょう。文章の場合、ただ文を短くすればいい訳ではないようです。「ば、」

を頻繁に使いながら、何が起こった、何が起こった、と起こった事象を積み重ねて述べていっても、アクションシーンとして十分通用するようです。

さて、則光のお話しの続きが気になりますね。長いので続きのあらましだけ説明します。

もう一人居た盗人には夢中で大刀を突き出し、相手の体の真ん中を刺し通します、そのまま柄《え》を返したので相手が仰向けになって倒れるままに片腕を肩から切って落とすこととなりました。則光は、もはや女どころではなく、小舎人童《こどねりわらわ》に命じて着物の着替えを取って来させ、血糊の付いた着物は隠させます。宿直所《とのいどころ》に戻って気が気ではないままに夜が明けるのを待ちます。

夜が明けると都大路は大騒ぎです。大男が三人、見事な大刀さばきで殺されているのが見付かったからです。知り合いの殿上人たちも牛車に乗って見物に行こうと則光を誘います。行きたくないものの、行かないとかえって疑われてしまいますから付いて行くことにします。

行くと驚いたことに、四十歳位で濃い髭を生やした男がみんなに自慢気に語って聞かせているではありませんか。出くわした盗賊三人を自分一人で殺したと語っているのです。「立ちぬ居《ゐ》ぬ、指《および》を差しなど」「いとど狂ふやうにして語」っています。「(則光は)その時にぞ人に譲り得て面《おもて》もたげられて見ける」とあります。剛の者ではありますが、人殺しの罪を人に譲ることが出来てほっとしたのです。

古文には長い一文がよくあること、その長い文を読み解く際の手順、これらが理解してもらえたでしょうか。これらも第二章で述べた語句の認識をしっかりやりましょうということと同様とても大事なことです。

最後に練習問題をやってみましょう。有名な「児《ちご》の空寝《そらね》」です（『宇治拾遺物語』）。読点だけは或る教科書そのままで示してあります。第二段落は長い一文です。不要と思われる「小さな読点」を消して、大きなまとまりを見やすくしてみてください（解答編に本書なりのやり方で処理した文章を載せました。参考にしてください）。

今は昔、比叡《ひえ》の山に児《ちご》ありけり。僧たち、宵のつれづれに、「いざ、掻餅《かいもちひ》せむ」と言ひけるを、この児《ちご》、心寄せに聞きけり。〈さりとて、し出《い》ださむを待ちて寝ざらむも、悪《わろ》かりなむ〉と思ひて、片方《かたかた》に寄りて、寝たる由《よし》にて、出で来るを待ちけるに、すでにし出だしたるさまにて、ひしめき合ひたり。

この児、〈定めて驚かさむずらむ〉と、待ち居《ゐ》たるに、僧の、「もの申しさぶらはむ。驚かせたまへ」と言ふを、〈嬉し〉とは思へども、〈ただ一度《いちど》に答《いら》へむも、待ちけるかともぞ思ふ〉とて、〈いま一声《ひとこゑ》呼ばれて答《いら》へむ〉と、念じて寝たるほどに、「や、な起こしたてまつりそ。

幼《をさな》き人は、寝入りたまひにけり」と言ふ声のしければ、〈あな、侘《わ》びし〉と思ひて、〈いま一《いち》度《ど》起こせかし〉と、思ひ寝に聞けば、ひしひしと、ただ食ひに食ふ音のしければ、術《ずち》なくて、無期《むご》の後《のち》に、「えい」と答《いら》へたりければ、僧たち笑ふこと限りなし。

第四章

ひとにものをたずねる、ものをめいずる

――平叙文・疑問文・命令文・打消文、係り結び――

『伊勢物語』第二十三段「昔 田舎渡らひしける人の」

この章では、古文を学習するとき必ず触れる「係り結び」を引き合いに出しながら、基本的な文の形のお話しをしていきましょう。これまでは文法といったものには出来うるかぎり触れないで、古文を読む方法に重点を置いてやってきました。ここから五つの章に渡って「文法」めいたものに言い及びます。でも、あまり嫌がらないでくださいね。

まず、文章読解の一番の基礎として、日本語で基本となる文の形を確認しておきましょう。

① △△が〜する。‥「中村君　走る。」（中村君が走る。）

「花　咲く。」（花が咲く。）

② △△が〜だ。‥「風　涼し。」（風が涼しい。）

「月　明らかなり。」（月が明るい。）

③ △△が□□だ。‥「猫　動物なり。」（猫は動物だ。）

「富士山、日本一の山なり。」（富士山は日本一の山だ。）

①では動詞、②では形容詞や形容動詞、③では「□□だ」という言い方、これらが文の核心を担う部分（述部）に使われています。これは現代日本語でも同じです。小学校で習うものなのですが、当たり前すぎて忘れられてしまうみたいです。第三章で確認しただらだらの長い文、ああいった長い一文も元をただせば①②③のような単文を幾《いく》つも重ねたり連ねたりして出来ているのです。こうした基本となる三つの文の形を用いてものを説明したり主張したり描いたりするのが平叙文です。

でも、こうした平叙文と呼ばれる文だけで「ことば」はできている訳ではありません。というのも、日常の生活の中で「ことば」を使おうとするときには平叙文だけでコミュニケーションを成り立たせている訳ではないからです。話しかける人は相手に対して、知識の一端を伝えようとする平叙文・相手から情報を得ようとする疑問文・相手に命令を通告しようとする命令文、この三種類を用います。「ことば」によってコミュニケーションを行なおうとする際の重要な三種類の文です。人類が用いる、どの言語にも平叙文・疑問文・命令文が存在すると言われています。ですから文章を読解しようとする時に、疑問文や命令文の言い方が分かっているということはとても大事なことなのです。

さて、「係り結び」について幾《いく》らかでも知識がある方は次の本文中から「係り結び」に関係するものを挙げてみてください。「係り結び」とは、文の途中に強調の係助詞といわれる「ぞ」「なむ」「こそ」や疑問の係助詞といわれる「や」「か」があると、文末に影響を及ぼして文末が通常の言い切りの形ではなくなるというものですね。現代日本語にはない特異な現象だということで、古文を学習するさい取り立てて扱われることが多いと思います。今までと同様に声に出して読んだうえでやってみましょう。大和《やまと》地方（今の奈良県）で育った男の子と女の子とのお話しです。一緒に遊んでいるうちに異性として意識し始め、やがてその幼い恋を実らせて結婚します。が、生活が不如意になると、男は別の女のところに通うようになってしまいます。或る時、幼なじみの妻の、自分を慕う真情に気付いた男は別の女のところに通うのを止めます。別の女の方は男を待ち続けるのですが……。

昔　田舎渡《ゐなかわた》らひしける人の子ども　井《ゐ》の許《もと》に出《い》でて遊びけるを、大人《おとな》になりにければ　男《をとこ》も女《をんな》も恥《は》ぢ交《か》はしてありけれど、男は〈この女をこそ得め〉と思ふ。女は〈この男を〉と思ひつつ　親の会はすれども聞かでなむありける。

さて　この隣《となり》の男の許《もと》より　斯《か》くなむ

筒井《つつゐ》つの井筒《ゐづつ》にかけしまろが丈《たけ》　過ぎにけらしな　妹《いも》見ざる間《ま》に

女　返し

比《くら》べ来《こ》し振り分け髪も肩過ぎぬ　君ならずして誰《たれ》か上《あ》ぐべき

など言ひ言ひて遂《つひ》に本意《ほい》の如《ごと》く会《あ》ひにけり。

さて年《とし》ごろ経《ふ》るほどに　女　親なく頼り無くなるままに、〈諸共《もろとも》に言ふ甲斐《かひ》なくてあらむやは〉とて河内《かふち》の国高安《たかやす》の郡《こほり》に行き通ふ所出《い》で来《き》にけり。さりけれど　この元《もと》の女〈悪《あ》し〉と思へる気色《けしき》もなくて出《い》だし遣《や》りければ、男〈異心《ことごころ》ありて斯《か》かるにやあらむ〉と思ひ疑《うたが》ひて

前栽《せんざい》の中に隠《かく》れ居《ゐ》て河内《かふち》へ去《い》ぬる顔《かほ》にて見れば、この女 いとよう化粧《けさう》じてうち眺《なが》めて

風吹けば 沖つ白浪たつた山 夜半《よは》にや君が一人《ひとり》越《こ》ゆらむ

と詠《よ》みけるを聞きて〈限《かぎ》りなく愛《かな》し〉と思ひて河内へも行かずなりにけり。稀々《まれまれ》かの高安に来て見れば、初《はじ》めこそ心憎《こころにく》くも作《つく》りけれ、今は打ち解けて手づから飯匙《いひがひ》取りて笥子《けこ》の器物《うつはもの》に盛《も》りけるを見て 心憂《こころう》がりて行かずなりにけり。さりければ かの女 大和《やまと》の方を見やりて

君が辺《あた》り見つつを居《を》らむ 生駒山《いこまやま》 雲な隠しそ 雨は降るとも

と言ひて見出《みい》だすに、からうじて大和人《やまとびと》「来《こ》む」と言へり。喜びて待つに、たびたび過ぎぬれば

君来《こ》むと言ひし夜毎《よごと》に過ぎぬれば 頼まぬものの恋ひつつぞ経《ふ》る

と言ひけれど、男住《す》まずなりにけり。

『伊勢物語』の中でもよく知られた章段なのですが、「田舎渡《ゐなかわた》らひしける人」という言い方でどういう人を提示しようとしているのか、よく分かっていません。「田舎渡《ゐなかわた》らひしける人」の「渡《わた》らひ」は「世渡り」の「渡り」と同意で、田舎で生計を立てて生活を送っている人のこととなり、田舎に

住んでいる一般庶民の子供たちが主人公となります。一二五段からなる『伊勢物語』の多くの章段は在原業平《ありわらのなりひら》とおぼしき男性貴族を主人公とし、その一生を描くように出来ています。その業平に関わるお話しが「**大和**《やまと》（今の奈良県）」に住む一般庶民のお話しであってよいのかどうか、一般庶民の人たちがこの章段で描かれるように和歌を詠み合う事ができたのかどうか、困ってしまうのです。解決策として「田舎渡らひしける人」を地方に土着した貴族と通常は理解します。それで良いのか、よく分かりません。「**子ども**」は複数です。「**親の会はすれども**」の「**会ふ**」は男女の間柄になること・夫婦となるという意味です。古文ではこの意味でよく使われています。「**本意**《ほい》」は「ほンい」と読み、本来からの意思、の意です。幼なじみの二人は歌を媒介にして恋を育《はぐく》み、「かねてからの望み」どおり結婚を果たしたのですね。ここまでは幼い恋が成就するハッピーなお話しです。

このお話しは当時の「通ひ婚（妻問婚《つまどいこん》）」を前提としています。同居することなく、夜だけ夫が妻の許《もと》を訪れるという結婚制度です。夫の生活上の面倒は妻となった女性の家側がみることになっていたようです。そのため女性の親が亡くなり経済的に行き詰まってしまうと、男は〈**諸共**《もろとも》**に言ふ甲斐**《かひ》**なくてあらむやは**（一緒にどうしようもない状態でいられようか）〉と考えて他所《よそ》の女性のところに通うようになります。そんな夫を「元の女」は嫌な顔もしないで送り出してくれます。そこで「男」は〈**異心**《ことごころ》**ありて斯**《か》**かるにやあらむ**（ほかに男ができてこんな風なのではなかろうか）〉と疑うのです。「**前栽**《せんざい》」は庭の植え込み・庭に植えてある観賞用の草木です。出掛けた振りをした男はその陰から「元の女」の様子をこっそり伺います。妻の浮気の現場を捉《つか》まえようという魂胆です。「**いとよう化粧《けさう》じ**」とあります。「元の女」は誰かを出迎えるためと思われる化粧まで始めるのです。浮気しているに違いないと男が確信する、次の瞬間に事態は一変します。「女」が「**うち眺《なが》め**」て「**風吹けば……**」の歌を詠み始めたからです。「**眺《なが》む**」は物思いに耽《ふけ》ってぼんやりと見るともなくものを見る様子です。「**うち眺《なが》む**」の「**うち**」は下に来る動詞の意味を弱める働きがあると言われますが実質的な意味はあまり無いようです。女の歌の「**風吹けば　沖つ白浪**」は序詞《じょことば》です。白波が立《た》つ立田《たつ》山と同音を利用して、大和から河内へ行くときに越える「立田山」を導き出しています。「**風吹けば　沖つ白浪立つ**」には樹木が風にざわざわと揺れる不気味な夜の山道の様子も感じられます。「元の女」は男を心の底から心配しながら男を送り出してくれていたのです。男は河内の女に通うのを止めます。男には女の真情に打たれるだけの心根がまだ残っていたものと見えます。可哀相なのは「**高安《たかやす》の郡《こほり》**」の女です。「**高安《たかやす》の郡《こほり》**」は今の八尾《やお》市にあたり、奈良（大和）から大阪方面へむけて生駒山山系を越えた辺りに位置します。「**初《はじ》めこそ心憎《こころにく》くも作《つく》りけれ**」の「**心憎《こころにく》し**」はいいなと思う・奥ゆかしいといった意味の語で、「**こそ……けれ**」で逆接の意で後ろに続いていく言い方です。初めのうちは取り繕《つくろ》って良い感じに振る舞っていたのですが、次第にボロが出始め「**手づから飯匙《いひがひ》取りて**」無粋《ぶすい》なものの食べ方を男の前でもするようになってしまいます。貴族的なところがある男に嫌われてしまったのです。しかし「**君が辺《あた》り**」の歌にしても「**君来《こ》むと**」の歌にしても「高安」の女の心情が溢《あふ》れていてとても良い歌です。でも縒《よ》りを戻すことはできませんでした。幼い恋を成就し破綻の危機を乗り越えた二人のさまが良いお話しでもありますが、高安の女が可哀相なところもこのお話しの読みどころです。

現代語訳

昔、田舎で生活をしている人の子供たちが井戸のそばに出て遊んでいたところ、年ごろの男女になったので男も女も恥じらい合って距離を置くようになっていたのだが、男は〈この女とぜひ結婚したい〉と思っていた。女も〈この男と（ぜひ結婚したい）〉と思い続けていたとき、女の親が（他の男と）結婚させようとしたのだが（親の勧める結婚話を女は）どうしても聞かないでいたのだった。

さて、この隣《となり》の男の所から次のように（歌を女に送ったのだった。）

「筒状の井戸の囲い、その囲いを物差しにして計っていた僕の背丈、もうすっかり井戸の囲いより高くなってしまったようですよ（大人になったので井戸の囲いと比べるなどしませんがね）、あなたの姿を見ない間に（久しくお会いしていません。大きくなった同士でお会いしたい）。」

女が返歌をした、

「（井戸の囲いと背丈を比べていたのと同じころ）比べっこしていたお互いのおかっぱ髪、私のおかっぱ髪も（大人になって）もう肩を過ぎてしまいました。あなたのためでなくって一体誰のために結い上げて成人の儀式をしましょうか（あなたのためだけに成人したいのです）。」

など歌を送り合って（お互いの気持ちを確認し続けて）、最後にはもとからの念願どおりに結婚したのだった。

さて、何年も（仲睦まじい夫婦として）過ごしているうちに、女は親が亡くなり生活の頼りがなくなるうちに〈一緒にどうしようもない状態でいられようか〉というので（男は）河内国高安郡に通う所（生活の面倒を見てもらえる新しい女）が出来たのだった。そうではあったのだが、このもとからの女は〈ひどい仕打ちだ〉と思っている様子もなく（かいがいしく男を）送り出して行かせるので、男は〈ほかに男ができてこんな風なのではなかろうか〉と（女を）疑って庭の植え込みの中に隠《かく》れて河内の方へ出掛ける振りをして（女の様子を）見ていると、この女は大層念入りに化粧をして物思いに沈んで遠くを見ながら、

「（風が吹くと沖の白波が立つという）立田《たつ》山をこんな夜更けにあなたはたった一人で今ごろ越えていらっしゃっているのでしょうか（どうかご無事で）。」

と詠《よ》んだのを聞いて〈（妻は自分のことだけを思ってくれていたのだ）無性にいじらしい〉と思っ

て河内（の女の所）へ行かないようになってしまった。
たまたま（男が）あの高安に来て様子を見ると、（女は）通い始めは良い感じに繕《つくろ》っていたのだったが、今は気を許して自身の手で杓文字《しゃもじ》を持って（御飯を）茶碗に盛り付けているのを（男は）見て嫌になって通わなくなってしまったのだった。それで、その（高安の）女は大和のほうを見やって

「あなたがいる辺りを何度も繰り返し見て過ごすことにいたしましょう。なので雲よ、生駒山を隠してくれるな、雨がもし降ったにしても」

と言って戸外を見ていると、やっとこさ大和の男が「そちらに行くよ」と言って寄こした。喜んで待っていたところ何度も（来ないまま）過ぎてしまったので、

「あなたが『行くよ』と言った夜が毎晩むなしく過ぎてしまいます。なので あてにしはしませんが 恋しく思いながら日を過ごしています」

と言ったのだったが、男は通わないことになってしまったのだった。

「係り結び」を指摘するのはいかがだったでしょう？　順に「この女をこそ得め」「聞かでなむありける」「斯《か》くなむ」「誰《たれ》か上《あ》ぐべき」「斯《か》かるにやあらむ」「夜半にや君が一人《ひとり》来《こ》ゆらむ」「初《はじ》めこそ心憎《こころにく》くも作《つく》りけれ」「恋ひつつぞ経る」、これらが答えとなります。この『伊勢物語』

の第二十三段には「係り結び」に関わる係助詞「ぞ・なむ・や・か・こそ」すべてが出てきます。（「斯《か》くなむ」は、下に来るべき「詠める」などが省略された形と理解してください。また、「あらむやは」を挙げた方がいらっしゃるかもしれません。文末に影響を与える「係り結び」のケースではありませんが、反語ですから全く無縁というわけでもなく、挙げたからといって頭ごなしに駄目だとも言いにくいケースです）。

疑問文や命令文について見る前に、「ぞ」「なむ」「こそ」について簡単に触れておきましょう。大事なのはすぐ真上《まうえ》の語句を強めるということです。逆に言えば、強めたい語句に「ぞ」「なむ」「こそ」が付いているということです。

「この女をこそ得め」だと、「この女を」を「こそ」は強めています。男は他の誰でもない「この女」と結婚したいと思っていたということが、この「こそ」で表現されています。

「聞かでなむありける」では「聞かで」を「なむ」は強めます。親が一生懸命いろんな結婚話を持ってきて娘に勧めたにもかかわらず娘は親の持ってきた結婚話を「聞かで」だったことを強めているのです。

「恋ひつつぞ経る」では「恋ひつつ」を「ぞ」は強めています。女が年月を過ごしてきた時、男を「恋ひ」慕い続けていた点を強めているのです。

真上の語句が強められていることを理解してください。「ぞ」「なむ」「こそ」が使われているときの読解としてはそうした表現の意図をしっかり理解することが大事です。「ぞ」「なむ」があるとき結びは連体形に、「こそ」があるときは結びは已然形になります、けれどこういった知識は入門期においてはあまり重要ではありません。言い切りの部分が通常と違う形になっていることが分かればいいのです。（ごめんなさい。先走って動詞の活用に関わる「連体形」とか「已然形」という用語を出してしまいました。次章で詳しく扱います）。

「ぞ」「なむ」「こそ」と、三つある強意の係助詞はそれぞれ意味合いが異なると言われています。「ぞ」は「客観的・論理的な強調」を表わし「これこれのものが」と言って強く指示します。「なむ」は語りかけの強調で、多く会話文で使われます。「こそ」は「ぞ」「なむ」よりも強く、他の誰でもない・他の何より、の意味で使われます。「こそ」は現代日本語でも使いますよね、「これこそが大事な点だ。」といった具合に。

さて次に、係り結びに関わる助詞である「や」と「か」が疑問文を構成することをお話しします。

あれっ、疑問文？　そう、これが本章で「係り結び」を引き合いに出した大きな理由です。通常の古文の学習では「疑問文」を取り立てては学習しませんが、「係り結び」を習う過程で接してはいるのです。

古文の疑問文は、この「や」と「か」とが主として関わります。ここからは係助詞の学習から離れ、疑問文を作る助詞として「や」「か」を見ていきましょう。

単に疑問文を作るというだけであれば、「や」と「か」、二つある必要はないと思いませんか。それぞれ役割分担があるから二つあるはずなのです。

もともとは「や」は問いかけの気持ち、「か」は心の中で疑う気持ちで用いられるものであったようです。そしてその用法は次第に変化をしていき、平安時代での使われ方には明確な違いが見てとれるようになります。さっきの例を見ましょう、「誰《たれ》か上《あ》ぐべき」「斯《か》かるにやあらむ」「夜半にや君が一人《ひとり》来《こ》ゆらむ」。違いはどこにありますか。「か」が使われている文には「誰」という疑問語がありますが、「や」が使われている文には疑問語がありません。つまり、「や」は単独で疑問文を作れるのですが、「か」は文の途中で用いられているときには必ずと言っていいくらい疑問語と一緒でなければ疑問文を構成することが出来ません。

宮中に迷い込んできた老婆を、清少納言たち女房が『夫やある』『子やある』『いづくにか住む』など口々問ふに」と質問攻めにする場面が『枕草子』にあります。「や」が単独で疑問文を、「か」が疑問語とともに疑問文を、それぞれ作るのに使われているのがよく分かります。「などか宮仕へをしたまはざらむ。」（『竹取物語』）・「誰《たれ》かは知りたてまつらざらむ。」「何心地《なにごこち》かせむ。」「何事にかあらむ」「いかなる人にかあらむ」（『枕草子』）といった用例からも分かっていただけるでしょう。疑問語というのはここにあるような「など」「誰《たれ》」「何心地《なにごこち》」「何事」「いかなる」「いづく」「いづこ」「いづれ」「いつ」「何人」「なに」といった語です。

そして、こうした疑問語は疑問語だけでも疑問文を作ることができます。「君の仰《おほ》せ言《ごと》をば如何《いかが》は背《そむ》くべき。」「いかがすべき。」「御心地はいかが思《おぼ》さるる。」（『竹取物語』）・「など然《さ》る者をば置きたる。」「など斯《か》う音もせぬ。」「など斯《か》くある。」（『枕草子』）といった例です。疑問語が単独で用いられているときにも結びは連体形で結びます（係助詞「か」があると結びは連体形になると説明されますが、平安時代に限って言えば、「か」があるから結びが連体形になっている、疑問語があるから結びが連体形になっている、どちらとも言えることになります）。

また、「か」は文末に来て疑問文を構成することにも使われます。このときには疑問語を伴いません。「歌詠《よ》ませたまへるか。」「異物《こともの》は食《く》はでただ仏の御下《お》ろしをのみ食《く》ふか。」（『枕草子』）・「持ちて参《まゐ》りたるか。」「まだ知らぬか。」「ただ此処《ここ》にあらむと思《おぼ》すか。」「思《おぼ》しめすことあるか。」「食《く》ひ物は持ちて来たるか。」（『宇治拾遺物語』）といった例です。活用語の連体形に付きます。

同様に、「や」も文末に来て疑問文を構成します。「かばかりに守る所に天《てん》の人にも負けむや。」（『竹取物語』）・「我が思ふ人はありやなしや」（『伊勢物語』）・「人をば忘れたまふまじや。」（『大和物語』）・「いみじき喜びにはべらずや。」「碁盤はべりや。」（『枕草子』）・「知らずや。」「おのれは生きてむや。」（『宇治拾遺物語』）といった例です。活用語の終止形に付きます。

古文の疑問文には、文中に「や」を用いて疑問文を構成する・「か」と疑問語とを文中に用いて疑問文を構成する・疑問語を用いて疑問文を構成する・「か」「や」を文末に用いて疑問文を構成する、大きくはこの四種類が存在します。

もう一つ確認しましょう。古文で「や」「か」が疑問文を構成するのだとすると、現代日本語ではどうでしょう。「昨日、あなたは学校に行きましたか？」とか「ぼくのコップを割ったのは誰ですか？」と文末に「か」を付けることで疑問文にするか、もしくは「昨日、あなたは学校に行った？」とか「ぼくのコップを割ったの誰？」と文末を尻上がりにして疑問の口調で言うか、ですね。「誰かぼくの靴を見なかった？」と、疑問語と「か」とを文中に使うことは今でもやります。文の途中や末尾に疑問の「や」を用いて疑問文を構成するということを現代日本語ではしなくなっているのです。結局、「や」が無くなったということのようですね。

それでは命令文はどのようにするのでしょう。命令の言い方の代表選手は次の二種類です。この文章中に「雲 な隠しそ」という言い方があります。恋しい人がいる辺りを見て彼を恋い慕いたいから「（生駒山を）隠さないでおくれ」と「雲」にむけて言うのですね。動詞相当部分を「な」と「そ」でサンドイッチにする禁止の言い方「な＋（動詞など）＋そ」です。「な起こしたてまつりそ（起こし申し上げるな）」など。現代日本語では、この「な」を文末に持ってきて禁止の言い方にし、「寝るな」「動くな」「油断するな」としています（「〜な」の言い方は古文にもあります）。

もう一つの言い方は、言うまでもなく動詞やそれに類するものの命令形を用いるものです。「月のいと明かきに これに歌詠め。」（『枕草子』）・「我を助けよ。」「この足の代はりに我が足を切れ。」「香炉の煙を近く寄せたまへ。」「あの過ぐる人罷《まか》り止まれ。」（『宇治拾遺物語』）・「ここを切れ。かしこを断て。」（『徒然草』）といったものです。

疑問文・命令文と同様に大事な文の型としては打消文があります。否定文という人もいます。それについても学習しておきましょう。よく使われるのは打消の助動詞というものです。文が言い切られるところ「ことに人など見えず。」（『大和物語』）・「はた言ふべきにもあらず。」「果つる暁まで門叩く音もせず。」「返り事も言はず。」（『枕草子』）・「居並《ゐな》みたる鬼 数を知らず。」（『宇治拾遺物語』）、文がまだ後ろに続いていくところ「弓の影は見えず、」「え止まり敢へず、」「違ひて立ち掛かりて起こし立てず、」（『宇治拾遺物語』）、「成る」といった動詞に続くとき「河内へも行かず成《な》りにけり。」「男住まず成《な》りにけり。」、こういったところに「ず」が使われます。動詞相当部分に「ず」を付ける言い方です。

もう一つの打消の言い方は、後ろに「もの」「こと」といった名詞と呼ばれるものが続くケースです。「頼まぬものの恋ひつつぞ経《ふ》る」（『伊勢物語』）・「今まで死なぬことと思ひて良からぬことを言ひつつ」（『大和物語』）・「夜見ぬことは三十余日、昼見ぬことは四十余日になりにけり。」（『かげろふ日記』）・「春宮の御ために必ず良からぬこと出で来なむ。」（『源氏物語』）と、「ぬ」を付けます。「ね」を付ける言い方もあります、後ろに接続助詞「ば」が来るとき「風波止まねば、なほ同じ所に泊れり。」（『土左日記』）・「目も見えねば、いかでか参らむ。」（『宇治拾遺物語』）・「人 木石にあらねば、時にとりて物に感ずる事なきにあらず。」（『徒然草』）、後ろに接続助詞「ども」「ど」が来るとき「人の親の心は闇にあらねども子を思ふ道に迷《まど》ひぬるかな」（『大和物語』）・「水の深くはあらねど、人などの歩むに走り上がりたる」（『枕草子』）と、こういったところに「ね」が使われます。動詞相当部分に「ぬ」「ね」を付ける言い方です。

このように、打消の言い方は、「ず」系と「ぬ」系と二通りがもともとあり、後ろにどのように続いていくかによって使い分けがなされています。

そして、「ず」がもとになって二通りの打消の言い方が派生します。

一つは「ず＋あり」が約《つづ》まって出来たものです。「し出《い》ださむを待ちて寝《ね》ざらむも悪《わろ》かりなむ」「弓にはあらざりけり」「人気《ひとけ》に押されてえ立たざりければ」（『宇治拾遺物語』）といった言い方です。「む」「けり」「けれ」といった助動詞を後ろにぶら下げるときに使われるものです。補助活用とも呼ばれています。

もう一つ、「ずて」が約《つづ》まって出来た「で」を用いる言い方もあります。「心得で人を付けて見すれば、」（『かげろふ日記』）・「消息《せうそこ》も言はで十二月《しはす》の晦日《つごもり》になりにければ、」（『大和物語』）・「返り事は書かで布を一寸ばかり紙に包みて遣《や》りつ。」（『枕草子』）・「心にもあらで答《いら》へつるなり。」（『宇治拾遺物語』）、それぞれ「心得ずて」「言はずて」「書かずて」「あらずて」の「ずて」が約《つづ》まって「で」となり後ろにつなげていくときに使われます。これは打消の接続助詞と呼ばれています。

ほかに、「親なく頼りなくなるままに」「諸共《もろとも》に言ふ甲斐《かひ》なくてあらむやは」「見れば率《ゐ》て来《こ》し女もなし。」（『伊勢物語』）・「簾《す》も縁《へり》は蝙蝠《かはほり》に食はれて所々《ところどころ》なし。」「家のありしわたりを見るに屋もなし人もなし。」（『大和物語』）・「門を叩くに聞きつくる人もなし。」（『和泉式部日記』）・「山の中のおそろしげなること言はむ方なし。」（『更級日記』）・「涙を流して泣く事かぎりなし。」（『宇治拾遺物語』）と、「なし《無》」を用いて物や状態が存在しないことをいう言い方もあります。

ほかにも、これから生じないかも知れないことに対して話し手が「起きないだろう」「そうはならないだろう」と推量して言う、「それも　ただ雀などのやうに常にある鳥ならば、さも覚ゆまじ。」（『枕草子』）・「その田などやうのことはここに知るまじ。」（『源氏物語』）・「これはよもありつるやうには謀《はか》られじ。」「ただごとにもあらじ。」（『宇治拾遺物語』）・「心慰むことはあらじ。」（『徒然草』）と「まじ」「じ」を用いる言い方もあります。打消推量の助動詞と呼ばれるものです。

本章では「係り結び」を引き合いに出しながら基本的な文の形について述べてきました。平叙文・疑問文・命令文・打消文、これらをきちんと認識しながら古文の文章を読み解いていこうとすることはとても大事なことです。その意味では、単なる知識としての「係り結び」の現象はそんなに大事なことではありません。疑問文を大事にしようとする本書の意図からすると、疑問の「や」「か」二つを重視して先立たせる「や・か・ぞ・なむ・こそ」の言い方で五つを覚えるようにしたほうがよいと思うのですが、いかがでしょう。

第五章

うしろにどのようにつながるか

――活用って何？――

『徒然草』一〇九段「高名の木登りと言ひし男《をのこ》」

動詞の活用についてお話ししましょう。古文を読もうとすると必ずお目に掛かるのが「動詞の活用表」というものです。大切だから必ずお目に掛かるのですし暗記させられたりするのですが、でもどういう理由で大切なのでしょう。こうしたことに重点を置いて説明をしていきます。

次の古文本文を読んでみましょう。木登り名人が人に指示を出して木の梢《こずえ》を切らせていたとき、高くて危なく見えるときには「気をつけろ」と言わず、飛び降りられるくらい低い所まで来たときにやっと注意の言葉を掛けたという話しです。これまで同様に声に出して読んでみてください。やさしい文章ですから大いに気張って読んでみてください。

高名《かうみやう》の木登《きのぼ》りと言ひし男《をのこ》　人を指図《おき》て高き木に登《のぼ》せて梢《こずゑ》を切らせしに、いと危《あやふ》く見えしほどは言ふ事もなくて　降《お》るる時に軒高《のきたけ》ばかりになりて「怪我《あやまち》すな。心して降《お》りよ」と言葉を掛けはべりしを、「斯《か》ばかりになりては飛び降るとも降りなむ。如何《いか》に斯《か》く言ふぞ」と申しはべりしかば、「その事に候《さうら》ふ。目眩《めく》るめき　枝危《あやふ》きほどは　己《おの》れが恐れ侍《はべ》れば　申さず。怪我《あやまち》は　易《やす》き所になりて必ず仕《つかまつ》る事に候《さうら》ふ」と言ふ。賤《あや》しき下臈《げらふ》なれども聖人の戒《いまし》めに適《かな》へり。鞠《まり》も難《かた》き所を蹴出《けいだ》してのち易《やす》く思へば必ず落つと侍《はべ》るやらむ。

「高名《かうみやう》」とは名高いということです。有名な木登り名人、ということですね。「言ひし男《をのこ》」の「し」は直接体験の過去の助動詞と呼ばれているものです。基本形（終止形）は「き」です。ここでは「梢を切らせしに」「いと危く見えしほどは」「と言葉を掛けはべりしを」「と申しはべりしかば」と使われています。ほかに「けり」という伝聞の過去を示す助動詞がありますが、「き」の方は語り手（書き手）が直接に経験した過去のことを述べるときに使われます。ここでは『徒然草』の作者である兼好自身が過去に直接に見聞きした出来事であることが示されています。兼好は「木登り名人」に直かに質問までしていますよね。「怪我《あやまち》すな」は、宛てた漢字のように怪我をするなの意です、間違いの意での「過ち《あやま》」ではありませんから注意してください。文末に「な」を持ってきた禁止の言い方です。「**侍《はべ》るやらむ**」とあるのは、「侍《はべ》るにやあらむ」が約《つづ》まった言い方だと言われています。意味を取るときは「侍るにやあらむ」で理解してください。

現代語訳

名高い木登り名人と呼ばれた男が人に指図《さしず》して高い木に登らせて梢を切らせていたときに、とても危険に見えていたあいだは言う事もなくて（梢を切る作業を終えて）降りる時に家の軒の高さくらいになって「怪我をするなよ。気を付けて降りろ」と声を掛けましたので、「これ位（の高さ）になったときには飛び降りようとしても降りられるだろう。どうしてそのように言ったのか」と（わたくしが）申しましたところ、「その事でございます。目がくらくらとして枝が危ないうちは自身の恐怖がございますので（忠告を）申しません。怪我は容易《やさし》い所になって必ず仕出かすことでございます」と言った。

（この男は）賤《いや》しい身分の者であるが（その発言は）聖人の戒めと合致している。蹴鞠も難しい所を蹴り抜けたのちに容易《やさし》く思うと必ず落とすということのようです。

作業をしている人が自身で注意している間は忠告をせず、安心して注意を怠った時に危険な目に遭いやすいので忠告の言葉を発するという、一面の真実を短く的確に述べ出している文章なのでよく読まれているのでしょう。その真理を身分が高くなく教養もあまりないと思われる木登り名人が日ごろの体験に基づいて語り出している所が眼目のようです。

本文中には、動詞「降《お》る」が「降るる時に」「降りよ」「降るとも」「降りなむ」と変化して用いられている様子とか、動詞「言ふ」が「言ひし男」「言ふ事」「言ふぞ」「言ふ。」と変化して用いられている様子とかを見ることができます。こんな具合に、使われている所によって語が語形を変えることを活用と言います。そこに規則があるということなのですが、そんなこと普通は気が付かないですよね。

さて、「いと危《あやふ》く見えしほどは言ふ事もなくて降《お》るる時に軒高《のきたけ》ばかりになりて『怪我《あやまち》すな。心して降《お》りよ』と言葉を掛けはべりしを」を見てみましょう。仮名づかいの差はありはしますが、「いと」・「見えし」の「し」・「軒高《のきたけ》」や「怪我《あやまち》」の意味・「掛けはべりしを」の「はべりしを」といった語句が分かり「降るる時」が現代日本語の「降りる時」に当たる言い方であることが分かりさえすれば、私たち現代日本人はこの古文を理解するのにそれほど困らないように思われます。現代語では「とても危険に見えていたあいだは言う事もなくて（梢を切る作業を終えて）降りる時に家の軒の高さくらいになって「怪我をするなよ。気を付けて降りろ」と声を掛けましたので」となります。読み比べて原文と現代語訳とのあいだにあまり差がないことを確認してみてください。

もう一例。次章で扱う『竹取物語』の中の一文に「翁、これを聞きて、頼もしがり居《を》り。」があります。かつて中学一年生に、教科書に載る現代の作品の中から同じ構成の文を提示して比較して見せたことがあります。椎名誠の小説「風呂場の散髪」中にある「わたしは彼が腹を立てているらしい、ということを知って、わたし自身も少し腹を立て始めていた。」の一文です。

「翁、」　⇕「わたしは」

「これを」　⇕「彼が腹を立てているらしい、ということを」

「聞きて、」　⇕　「知って、」

「頼もしがり居《を》り。」⇕「（わたし自身も）少し腹を立て始めていた。」

千年以上の隔たりがある文なのに組み立ては同じです。現代日本語と古文とのあいだで文の組み立ての基本部分は多くは同じなのです。

前章までに見てきたように、仮名づかいが違うこと・古文では和語の使用が多いこと・だらだらとした長い一文が多いこと・語彙が違うことなどなど、古文と現代日本語とには多くの違いがあります。しかし文の基本のあり方・文の骨組みは古文と現代日本語とでほとんど違いはありません。違う部分は木で言えば枝葉に当たるところなのです。そのため「高名の木登り」のような文章は大して苦労しないで読解できてしまいます。見知らぬ外国語に一から接するのとは異なるのです。現代日本語との共通点や異なる点を意識しながら、音読によって読み慣れていくと自然と読解できるようになってくるのはそのためです。

さて、以上のように現代日本語と多くの共通点を持つ古文ですが、少しの助詞に関わる部分と、そして困ったことに文の根幹となる述部すなわち動詞を中核としている部分とに違いがあります。とくには動詞・形容詞・助動詞の活用の仕方そして助動詞のありよう、です。そのため、動詞の活用を習得したうえで述部を分析できるようになると読解が深まるということがあります。

第一章の文章中の「僧正 香炉を近く差し寄せたまひける。」を使って説明を続けてみましょう。前章で見た日本語の文の基本の形①「△△が～する。」に該当します。現代語に直すと「僧正が香炉を（仙人の）近くに寄せなさった」となります。述部を動詞だけにしてみましょう、「僧正 香炉を近く差し寄す。」。ここでは「僧正」「香炉を」「（仙人の）近くに」の要素が動詞「差し寄す」にかかっていって、「差し寄す」は上に出て来た要素すべてをまとめ上げています。

僧正 香炉を 近く 差し寄す。

↓ ↓ ↓ ↑

別の「その煙に乗りて空へ上りにけり。」（「その煙に（仙人は）乗って空へ上っていった」）の一文についても、述部を動詞だけにした「その煙に乗りて空へ上る。」では、「（仙人は）その煙に乗りて」「空へ」は動詞「上る」にやはりすべてかかっていき、「上る」はそれまでに出て来た要素すべてをまとめ上げています。

その煙に　乗りて　空へ　上る。

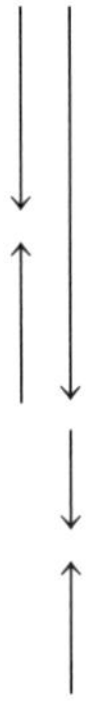

こういった例文を見るかぎり、動詞部分にはそこまで出てきた幾《いく》つかの要素を受けてまとめ上げるという働きがあります。この段階までは活用ということは不要です。

述部を動詞だけにする以前に戻してみましょう。一文目の「差し寄せたまひける。」では、「差し寄せ」とまとめ上げたあとで動作主に敬意を込めるため「たまひ」という語をぶら下げ、過去のことであることを示す「ける」という語をもぶら下げます。二文目の「上りにけり。」では、「上り」とまとめ上げたあとでその動作がしっかりと終わったことを示す「に」という語をぶら下げ、過去のことであることを示す「けり」という語もやはりぶら下げるのです。

他の例を見ますと、「高名の木登りと言ひし」が「男」にかかっていったり、「目眩るめき」が「枝危き」と並ぶ関係で「ほど」にかかっています。「空を飛び、坊の上を過ぎ、陀羅尼の声を聞き、降りて高欄の矛木の上に居る。」という一文を仮に作ると、「飛び」「過ぎ」「聞き」が並列の関係で「降りて」に関わっていくことを文の中でしっかりと示して見せることになります。活用とは、その動詞が、後続する部分に対してどのような関係になっていくかということを明示するために必要なもののようです。

　あまり認識されていませんが、名詞も活用します。例えば飲むと酔っぱらってしまうものを示す「さけ」という名詞があります。漢字では「酒」と書きます。「さけ《酒》」という語形も「さか《酒》」という語形もありますね。「さけ《酒》」の形のときは独立した安定した一個の名詞として受けとめることができます。しかし「さか《酒》」になるとどうでしょう。この語形ではこの語一個だけでは落ち着きを得ることができず、うしろに何かを続けなくては収まらない形をしている感じがしませんか。「さかだる《酒樽》」「さかつぼ《酒壺》」「さかや《酒屋》」など。あるいは「き《木》」はどうでしょう。「き《木》」の形のときは一個独立したものです。でも「こ《木》」となると、やはりうしろに何かを続けてやって落ち着かせたくなります。「こだち《木立》」「こかげ《木陰》」「こだま《木霊》」というように。「あめ《雨》」と「あまぐも《雨雲》」「あまおと《雨音》」「あまあし《雨足》」も同じです。名詞もこのように変化するのです。動詞の活用も実は同じようなものだと考えられるのです。「読む」の形だと、これで安定し必ずしも後続させるものがなくてもかまわない感じがします。しかし「読ま」の形になると落ち着かず、「読まず」とか「読まば」といった具合に何かを後続させてやる必要がある感じがします。

　動詞の活用というものがどのようなものか分かっていただけたでしょうか？

いくつか大事なことを補足します。

動詞の活用の種類や活用表というものは江戸時代に国学者と呼ばれる人々が古典作品をしっかり読み解こうとして整理して出来上がったものです。たくさんの用例を集めて動詞の変化の様子を観察し、一定の規則性を見つけ出して、動詞が変化をする様子を同じ表のなかに収めることにしました。「降るる時に」「降りよ」「降るとも」「降りなむ」とか「言ひし男」「言ふ事」「言ふぞ」「言ふ。」といった用例を色々な作品の色々な箇所から集めてきてそれを整理整頓して一つの表のなかに収めたのです。中には四通りにしか変化しない動詞があります。「書かず・書きたり・書く・書くとき・書けども・書け」というように動詞「書く」は「書か・書き・書く・書け」の四つにしか変化しません。そのため「書く」という動詞を表にまとめるときには四列しか必要ありません。色々な動詞が変化する様子を一つの表にまとめるにあたっては一番多く変化する動詞を目安にして表を作ることになります。「死なず・死にたり・死ぬ・死ぬるとき・死ぬれども・死ね」と変化する動詞「死ぬ」、これが最も多く変化する動詞です。結果、活用表は六列になっているのです。

本書の末尾に動詞の活用表を載せましたから、それを見て活用の仕方を再確認してみてください。動詞の活用がとくに大事になるのは動詞のうしろに助動詞と呼ばれるものがぶら下がってきたときの分析のためです。日本語では動詞に何かをぶら下げて意味を付け足します。「切らせしに」ですと使役の助動詞「せ」と過去の助動詞「し」とがぶら下がっています。「降りなむ」ですと確述（完了）の助動詞「な」と推量の助動詞「む」とがぶら下がっています。「降るる時」には助動詞が使われていません。こうした場合に、どこまでが動詞部分であり、どこからが動詞に下接した助動詞部分なのか、判断して分析できるようにするために動詞の活用ということは知っておいたほうが良いものなのです。

規則に従って変化するということはとても不思議なことです。動詞の活用の丸覚えはつまらないものですが、多くの動詞が幾《いく》つかの規則に基づいて変化することに気付くと面白くなってきます。誰かが規則を立てた訳ではなく、自然とそのような規則に従って使われるようになっているのです。規則にきちんと従う変化のことを正格活用と言います（「格」とは規則ということです）。規則に従わない変化を変格活用と言います。変則的な変化ということです。

また、活用形に「未然形」「連用形」「終止形」「連体形」「已然形」「命令形」と名前が付けられていますが、これはその形になるときの代表的な用法から付けられている暫定的《ざんていてき》なものです。その形になったとき他の用法があることを失念しがちです（用法が一つしかないのは「命令形」だけです。これだけは文字どおりの命令の用法しかありません）。

例えば、「終止形」というと、文が終止する時、つまり言い切るときにだけ使われるような錯覚に陥りますが、実際には「書くとも」「読むとも」「降るとも」と仮定の逆接の意味を持つ接続助詞「とも」を下接することもありますし、「書くらむ」「読むべし」「降るまじ」といったように助動詞を下接するときもあります。

連用形の時には、「書き写す」の「書き」のように下に用言すなわち動詞を続けるといった連用の用法だけではありません。「出掛け、歩き、写真を撮った。」と「出掛け」「歩き」と言いさして並列する関係で下にかかっていくこともありますし、「書きて」「写して」「降りて」と接続助詞「て」を下に続けて後ろに続いて行くことを示すこともありますし、「書きたり」「降りけり」「読みつ」というように助動詞を下接することもあるのです。

巻末の活用表にはこうした用法を一番左端に書き出しました。参考にしてください。

また、古語辞典を引こうとする際、文の言い切りに来る形、すなわち終止形が動詞の「見出し語」に使われていますが、この基本形（＝終止形）は次のようにして求めることができます。

○まず、接続助詞「て」を付けて動詞を変化活用させせます。

「書きて」「写して」「降りて」「寝て」のように変化させるということです。

○次に、「て」を外したかたちの末尾の音をウ音にします。

これによってその動詞の基本形（＝終止形）を作ることができます。「書き」をウ音で終わるようにして「書く」、「写し」をウ音で終わるようにして「写す」、「降り」をウ音で終わるようにして「降る」、「寝《ね》」をウ音で終わるようにして「寝《ぬ》」、といった具合です。

（ただし、このやり方だとラ行変格活用・上一段活用・下一段活用については求められませんから、これらの活用をする動詞は覚えておくしかありません）。

形容詞のこともお話ししてしておきましょう。前章の基本の文型の②に関わるものです。形容詞の言い切りの形は男の子の名前によく使われていました。この本の著者である私の名前は漢字「孝」を使って「たかし」と読みます、どうして「孝」を「たかし」と読むようにしてきたのか分かりませんが、読みである「たかし」は「高し」がもとになっていると思われます。

「つよし」「さとし」「たけし」「あつし」「たかし」「ひろし」「ただし」「ひとし」「ひさし」「きよし」「やすし」、これらはすべて古文の形容詞の言い切りの形です。「強し」「聡し」「猛し」「熱し」「高し」「広し」「正し」「等し」「久し」「清し」「安し」。これで古文の形容詞の言い切りの形を認識してください。シ音で終わるのです。活用は語末だけを考えれば、「○・く・し・き・けれ・○」です。ク活用とかシク活用を習いますが、基本は「く」「し」「き」「けれ」です。まず「く」「し」「き」「けれ」で文章中の形容詞を認識し、そのうえでク活用とかシク活用といったこと、そして助動詞を下にぶら下げるにあたって使われる補助活用「うつくしからず」「うつくしかりけり」「うつくしかるべし」といったことを認識していきましょう。

また形容動詞のことにも触れておきます。「静かなり」「あはれなり」「おろかなり」といったものでやはり前章の基本の文型②に関わるものです。古文を学習するにあたって動詞・形容詞・形容動詞とをまず学習するのは、基本の文型①に動詞が関わり、②に形容詞・形容動詞が関わるから、です。形容動詞は「にあり」の言い方がもとです。ですから「ラ変型の活用」が基本で、それに連用形のところにもともとの「に」があります。ほかに漢文を習うときにお目にかかることになる「遅々たり」「平然たり」「満々たり」といったタリ活用の形容動詞もあります。

動詞の活用に関わることについて述べてきました。どうして動詞の活用を認識することが大切なのかということがお分かりいただけたでしょうか。活用とは、その動詞が、後続する部分に対してどのような関係になっていくかを示すもので、とくに大事になるのは動詞に助動詞が下接しているときの分析のためです。しっかりと古文を読解するにはやはり必要になってくることなのです。

最後に、問題を一題。

動詞の正格活用に対して、その実際を考えて、或る人が今までとは違う呼び方にすることを提唱しています。次のそれぞれが、いわゆる四段活用や下一段活用といった五つの正格活用のどれに該当しているのかを答えてみてください。答えは解答編にあります。

「ア・イ・ウ・エ式活用」

「イ・ウ・ウる式活用」

「エ・ウ・ウる式活用」

「イ・イる式活用」
「エ・エる式活用」

第六章

ぶらさがるにもきまりがある

――ものの動きを示す語のうしろに来ることば、助動詞の承接について――

『竹取物語』八月十五夜の場面

助動詞についてのお話しをしましょう。「助動詞」とは文字どおり「動きを助ける詞《ことば》」なのでしょう。名詞にも付く助動詞（断定の助動詞「なり」など）もありはしますが、動詞や形容詞といったものに付いて意味を補うのがその基本的な役割です。助動詞を理解することは古文を読解する上でとても大事なことです。ですがその説明を十全に行なうことはたった一章では難しいので大要のみを述べていきます。

古文の本文として挙げるのは『竹取物語』です。

月の世界から天人たちがかぐや姫を迎えに来る八月十五夜の晩です。かぐや姫を連れ戻させないために帝から二千人の警護の兵士が遣わされ屋敷内に配備されます。嫗《おうな》とかぐや姫を屋敷の奥に入れたあと、翁《おきな》は屋根の上の兵士と安心しきって言葉を交わすものの、警護の無駄なことを知っているかぐや姫からたしなめられます。そしてかぐや姫が翁と嫗との別れを惜しむ発言をする場面です。古い物語も部分において登場人物の会話だけで成り立っているのがよく分かります。

本章の本文は、前の章までの古文に比べると難しいと思います。親しみの少ない古語・古文独特の言い回し・助動詞の多用・敬語、こうしたもののせいでしょうか。教科書によく載る『竹取物語』ですが、その文章はやさしいものではないように思います。声に出して注意深く読んでみてください。

嫗《おうな》 塗籠《ぬりごめ》の内《うち》にかぐや姫を抱《いだ》かへて居《を》り。翁《おきな》も塗籠《ぬりごめ》の戸鎖《さ》して戸口に居《を》り。翁の言はく「斯《か》ばかり守る所に 天《てん》の人にも負けむや」と言ひて屋《や》の上に居《を》る人々に言はく「つゆも物《もの》空に駆《か》けらば、ふと射殺《いころ》したまへ」、守る人々の言はく「斯《か》ばかりして守る所に蝙蝠《かはほり》一つだにあらば、まづ射殺《いころ》して外《ほか》に曝《さら》さむと思ひはべる」と言ふ。翁これを聞きて頼もしがり居《を》り。

これを聞きて　かぐや姫は「鎖《さ》し籠《こ》めて守り戦ふべき下組《したぐみ》をしたりとも、あの国の人をえ戦はぬなり。弓矢して射られじ。斯《か》く鎖し籠めてありとも、斯《か》の国の人来《こ》ば、皆開《あ》きなむとす。相戦《あひたたか》はむとすとも、斯《か》の国の人来《き》なば、猛《たけ》き心使《つか》ふ人もよもあらじ」、翁の言ふやう「御迎へに来む人をば長き爪して眼《まなこ》を掴《つか》み潰《つぶ》さむ。さが髪を取りてかなぐり落とさむ。さが尻を掻き出でて沢山《ここら》の公人《おほやけびと》に見せて恥《はぢ》を見せむ」と腹立ち居る。かぐや姫言はく「声高《こはだか》にな宣《のたま》ひそ。屋《や》の上に居《を》る人どもの聞くに　いと正無《まさな》し。いますがりつる志《こころざし》どもを思ひも知らで罷《まか》りなむずる事の　口惜《くちを》しう侍《はべ》りけり。〈長き契りの無かりければ、程なく罷《まか》りぬべきなるめり〉と思ひ　悲しく侍《はべ》るなり。親たちの顧《かへり》みをいささかだに仕《つか》うまつらで　罷《まか》らむ道も安くもあるまじきに、日ごろも出で居《ゐ》て　今年ばかりの暇《いとま》を申しつれど、さらに許されぬによりてなむ斯《か》く思ひ嘆きはべる。御心《みこころ》をのみ惑《まど》はして去りなむ事の　悲しく堪《た》へ難《がた》く侍《はべ》るなり。斯《か》の都の人は　いと清《けう》らに　老いをせずなむ。思ふ事も無く侍《はべ》るなり。さる所へ罷《まか》らむずるも　いみじく侍《はべ》らず。老い衰《おとろ》へたまへる様《さま》を見たてまつらざらむこそ恋しからめ」と言ひて、翁「胸痛きこと　な宣《のたま》ひそ。うるはしき姿したる使《つかひ》にも障《さは》らじ」と妬《ねた》み居《を》り。

斯《か》かる程に宵《よひ》うち過ぎて子《ね》の時ばかりに家の辺《あた》り昼の明《あか》さにも過ぎて光りたり。望月《もちづき》の明《あか》さを十合《とを》はせたるばかりにて在《あ》る人の毛の穴さへ見ゆる程《ほど》なり。

「塗籠《ぬりごめ》」というのはお屋敷の中心の建物である寝殿《しんでん》の中に造られた納戸です。納戸といっても三方を壁で厚く塗り込めてある部屋ですから、建物の中に蔵があるようなものです。部屋大の金庫をイメージすればいいでしょうか。その中にかぐや姫を隠して、翁はかぐや姫を迎えの天人たちから奪い返されまいとしたのです。あとは翁と屋根の上の兵士たちとのやり取りです。帝から遣わされた兵士二千人のうち、千人が屋敷の土塀《どべい》の上に、千人が屋敷の屋根の上に配備されました。完璧な守りと思っている翁は自信満々に「**つゆも物《もの》空に駆《か》けらば、ふと射殺《いころ》したまへ**」と言います。「つゆ」は水滴の「露《つゆ》」ではありません、副詞と呼ばれるもので、多くはうしろに打消を伴って、少しも・全然、の意になります。ここでは打消がありませんが、ほんのちょっとでも、の意で通じますね。

「**駆《か》けらば**」という言い方は大事です。接続助詞と言われる「ば」は「駆けらば」のときは仮定で「駆けるならば」の意、「駆ければ」のときは確定で「駆けるので」の意となります。この二者の区別から動詞の活用において「駆けら」の形になる該当箇所に「未然形」(未《いま》だ然《しか》らざる状態を示す形＝まだそうなっていない状態を示す形)の名札《ラベル》を付け、「駆けれ」の形になる該当箇所に「已然形」(已《すで》に然《しか》る状態を示す形＝すでにそうなっている状態を示す形)の名札《ラベル》を付けることにしたのです。「未然形＋ば」＝仮定条件、「已然形＋ば」＝確定条件という言い方がされます。「少しでも空を物が駆けるならば、ためらうことなく射殺してくださいというのです。屋根の上の兵士も「**斯《か》ばかりして守る所に蝙蝠《かはほり》一つだにあらば……**」と自信たっぷりに答えます。「**だに**」は、だって・でさえ、の意です。「（大変な奴が沢山いるときはもちろん、）コウモリみたいなのがたった一羽だって居るならば」となります。かぐや姫は月からの迎えの者たちの実力を十分知っていますから、地上の人間が「**下組《したぐみ》**」つまり準備をどんなにしていたところで「**あの国の人をえ戦はぬなり**」と言います。ここの「**を**」は、を相手として、の意です。「**え戦はぬ**」の「**ぬ**」は打消の言い方です。「え〜打消」で、〜できない、の意になります。現代でも関西弁で「よう言わんわ」「ようせんわ」とかといった風に「良く」が変化した「良《よ》う」を上につけて下に打消を用いて「〜できない」を意味させますが、似た言い方です。かぐや姫も仮定条件「**かの国の人来《こ》ば**」「**かの国の人来《き》なば**」を使ってこれから起こるかも知れない事態として言います。それに対し翁は「**さが髪を取りてかなぐり落とさむ。さが尻を掻き出でて沢山《ここら》の公人《おほやけびと》に見せて恥《はぢ》を見せむ**」とまで言います。ちょっと下品ですね。それを言いとがめたかぐや姫が長い発言を始めます。「**声高《こはだか》に　な宣《のたま》ひそ**」、例の、禁止「な〜そ」の言い方です。「**正無《まさな》し**」は予期しない悪い事態に対して用いられます。「**程なく罷《まか》りぬべきなるめり**」のところは原文には「**程なく罷《まか》りぬべきなめり**」とあります。音便化した「なンめり」のとき「ン」を表記しないのが昔の約束事でした。それが原文「なめり」です。あとで扱う必要上、音便化する前に戻して表記してあります。そして、かぐや姫は次のように述べます、翁たちの面倒を見ないで月の世界に帰らなくてはならないことが残念だ、一年間の猶予を願い出たのだけれども駄目であった、月の世界に帰りたくない、と。

そして「宵《よひ》」が過ぎます。「宵」は現代では日が沈んで間もない時間帯に使います。古文では日が沈んでから三四時間くらい経った夜中近くをも宵と言うようです。季節にもよりますが、夜の十時ごろも宵と言って差し支えないようです。その時間帯を過ぎて「子《ね》の時」つまり午後十一時〜午前一時ころといった深夜になって周囲が昼の明るさのようになったというのです。十五夜のときには月が南中し一番空高くに位置する時間帯です。でもそれだけではないようで満月十個分の明るさであったと書かれています。月明かりや松明《たいまつ》の火しか無かった当時としてはあり得ない事態が生じているようです。度を越した、こうした状況を想像して書き出すあたりが『竹取物語』のＳＦっぽいところ、そして魅力的なところでしょうか。

現代語訳

嫗《おうな》は塗籠《ぬりごめ》の中でかぐや姫を抱きかかえて座る。翁《おきな》も塗籠《ぬりごめ》の戸に鍵を掛けてその戸口に座る。翁の言うこと「これほどに守る所では天上の人にも負けないだろう」と言って屋根の上に座る兵士たちに言うこと「ちょっとでも物が空を走ったならば、さっと射殺してください」、守る人々の言うこと「これほどにして守る所ではコウモリ一羽でも飛んだならば、（そいつを）まずは射殺して晒《さら》し者にしてやろうと思っております」と答える。翁はこれを聞いて頼もしく思っている。これを聞いてかぐや姫は「鍵を掛けて閉じ込めて（わたくしを）戦い守るつもりで準備をしたとしても、あの国の人を相手に戦うことは無理でしょう。弓矢でも射ることはできないでしょう。こんな風に鍵を掛けて閉じ込めても、あの国の人が来たならば、戸は全て開いてしまうでしょう。出迎えて戦おうとしても、あの国の人が来たならば、勇ましい気持ちを持ち続ける人も決して居ないでしょう」、翁が言うこと「御迎えに来る人は長い爪でもってその眼を掴《つか》み潰《つぶ》してやろう。そいつの髪を掴《つか》んで引きずり落としてやろう。そいつの尻をまくり出して沢山の役人たちにお見せして恥をかかせてやろう」と興奮している。かぐや姫が言うこと「大声でおっしゃいますな。屋根の上にいる人たちが聞くと思うと恥ずかしい。（それにしても）翁たちが今までお示しくださったお気持ちを無視して（月の世界に）帰ろうとしておりますことが残念でございます。〈（一緒にいる）長い運命がありませんでしたので、間もなく（月の世界に）帰らなくてはならないようです〉と思い、悲しうございます。翁たちのお世話をほんの少しもして差し上げないで、帰ろうとする道中も心落ち着くものではございませんので、何日も縁側に出て座って今年だけの猶予を申し上げたのですが、少しも許しが出ませんのでこのように歎いております。（翁たちの）心を乱すことだけして去っていきますのが悲しくてやり切れないことでございます。あの月の都の人々はたいそう美しく、年を取りません。もの思いもないのです。そのような所へ帰ることは少しも嬉しくございません。（翁たちが）老い衰えなさるご様子を見申し上げないことが心残りです」と言って、翁「胸が痛くなることをおっしゃいますな。立派な姿をしている使いに邪魔されますまい」といまいましく思っている。

こうしている内に夜中が過ぎて午前零時くらいに屋敷の辺りが昼の明るさを通り越して明るくなる。満月の明るさを十個合わせたくらいであって居る人々の毛の穴までもが見えるくらいである。

この場面は『竹取物語』の世界観に迫ろうとするときには外《はず》すことのできない箇所と言われています。かぐや姫の発言に「斯《か》の都の人は　いと清《けう》らに　老いをせずなむ。思ふ事も無く侍《はべ》るなり。さる所へ罷《まか》らむずるも　いみじく侍《はべ》らず。」とあるからです。月の世界がどのようなものであるかを述べた個所です。月の世界の人々には三つの特徴があります。容姿が美しい・不老不死である・（感情がないせいで）悩み事がない、の三つです。月の世界は理想郷なのです。その理想郷の月の世界に戻っていくのですから嬉しがっていいはずなのに、「いみじく侍らず」とかぐや姫は言います。「いみじ」は程度が甚《はなは》だしいさまを言うときに用いられる語で、良い場合にも悪い場合にも使われます。ここでは文脈からして「大して嬉しくもない」となるでしょう。地上で暮らすうちに感情を持つようになり、大好きになってしまった人々（翁と嫗そして帝）と別れなくてはならないからです。理想世界を拒んで、この地上世界を肯定しています。普通は理想世界への憧れが描かれ、そこを肯定して終わるのではないでしょうか。古くに書かれた物語としては『竹取物語』はとても奇妙な物語なのです。

さて、本章の主眼である助動詞のお話しに移っていきましょう。

助動詞が文の中で果たす役割を確認するため、ちょっとした遊びをしてみましょう。現代日本語の一文を部品《パーツ》に分けて順不同で提示します。並べ替えて現代日本語としてもっとも穏当と思われる一文に戻してみてください。浮気がばれるかどうかの設定の例文だと思ってください。

た・花子に・昨日・読ま・太郎は・なかっ・たぶん・自分の携帯のメールを・だろう・せ

いかがでしょう。「たぶん」と「昨日」との決定的な位置を見出せないかも知れませんが、ほかの部品《パーツ》の位置は決定できると思います。

昨日　太郎はたぶん花子に自分の携帯のメールを読ませなかっただろう。

たぶん太郎は花子に昨日　自分の携帯のメールを読ませなかっただろう。

たぶん昨日　太郎は花子に自分の携帯のメールを読ませなかっただろう。

などなど。いくつもの回答を収集した調査の結果、最後の一文がもっとも標準的であることが確認されています。そこから確認されることは、日本語は動詞を中心として成り立っているものだということです。この一文では「読む」という動詞です。「メールを読む」という言い方が基本となります。「花子がメールを読む」という言い方が基底にあり、それが「太郎が花子にメールを読ませない」という言い方になっているのが例文です。このあたりが一文の核となっており、そこを中心として上と下にどんどん波紋状になっていく構造となっているらしいのです。そのとき、「たぶん」と「だろう」とが、「昨日」と「た」とが、「花子に」と「読ませ」とが、それぞれ関係します。助動詞は日本語の一文の構造を決定づけるのに大きく関わっているのです。助動詞だけでは文をつくる成分にはなりません。そのため、助動詞はおまけのように感じられているかもしれません。しかし動詞が示す動作のありようがどのようなものであるのかを細かく表わしたり、その動作について話し手がどのように判断しているのかを表わしたりしています。日本語で文末が大事だと言われているのは助動詞ゆえなのです。

そして古文を読もうとするさい、困ったことにこの助動詞が現代日本語と大きく異なるものが用いられているのです。いま我々は「せる・させる」「れる・られる」「ない」「う・よう」「た」「そうだ」「まい」「らしい」「ようだ」「だ・です」「たい」「たがる」といった助動詞を使っています。次に列挙する古文の助動詞と共通のものはほとんどありません。共通のものが多ければ、現代日本人が古文を読むときに大して困らなかったかも知れないのですが……。

「る・らる」「す・さす」「つ」「ぬ」「たり（り）」「ず」「き」「けり」「む」「けむ」「らむ」「べし」「じ」「まじ」「なり」「めり」「なり（たり）」「まし」「ごとし」

「うわっ、大変だ」「見ただけでくらくらしてしまう」「頭が爆発しそうだ」とお感じになった方も多いかも知れません。ゆっくりと、ゆっくりと、学習を進めるのがいいと思います。ここでもやっぱり「読み慣れ」です。実際の文章で慣れ親しんだ間柄になってから一つ一つの助動詞を丁寧に理解してやるのがいいと思います。取り敢えずは大きく分類《グルーピング》して札《レッテル》を貼って見慣れることが肝心です。

受身・使役に関わる助動詞　「す・さす」「る・らる」

時に関わる助動詞　「つ」「ぬ」（完了の助動詞）
「たり」「り」（存続の助動詞）
「き」「けり」（過去の助動詞）

打消に関わる助動詞　「ず」
「じ」「まじ」（それぞれ「む」「べし」の打消）

推量に関わる助動詞　「む」「けむ」「らむ」
「べし」
「なり」「めり」（推定の助動詞）
「まし」（実現性に乏しい推量の助動詞）

断定に関わる助動詞　「なり（たり）」

比況の助動詞　「ごとし」

さて、用例とした文からもう一つのことを確認しましょう。

たぶん　昨日　太郎は　花子に　自分の携帯のメールを　読ま　せなかっ　た　だろう。

助動詞と呼ばれているものが幾《いく》つか重ねて用いられるときにはルールに従って用いられているということです。助動詞は上下の位置を入れ替えることができません。「せ」を「だろう」の下に持ってきてみようとか、「た」の下に「ない」を持ってきてみようとか、そうしたことはできないのです。「せる」「ない」「た」「だろう」という順序でしか用いることができません。助動詞がいくつか積み重なって用いられるときには一定のルール・規則があって、それが日本語の文の構造に大きく関係します。専門的には「承接」とか「連接」という言い方がされています。

　この助動詞の使われ方の順序には大きく傾向があるようです。動詞で述べる事態に大きく関わる助動詞が動詞の近くに位置します。自発や使役とか完了とか存続に関わる助動詞です。そのようにして述べられた事態を話し手がどのように把握しているのかといった、事態に対する話し手の捉え方を表わす助動詞が動詞から隔たった下の方に位置します。推量とか推定といったことに関わる助動詞です。そして、下のほうに来る助動詞には活用が完備されません。後続する助動詞がないのですから未然形などは必要ないからです。

助動詞がいくつか重ねて用いられるといっても、大抵は二つくらいが重なっている程度です。古文ですと「ぬ＋べし」「つ＋べし」「な＋む」「て＋む」「に＋けり」「て＋けり」といったものがその代表選手です。

『竹取物語』の本文中にも助動詞が積み重ねて用いられているところがあります。

「弓矢して射られじ」では、動詞「射る」の未然形「射」があり、それに受身（ここでは可能）の助動詞「らる」の未然形「られ」・打消推量の助動詞「じ」の終止形「じ」、が後続します。意味を取るときには、ひとつひとつを確認しながら現代日本語を宛てがって現代日本語に直してください、「射ることはできないだろう」となります。

「御心をのみ惑はして去りなむことの」の「去りなむこと」では、動詞「去る」の連用形「去り」があり、それに完了（ここでは確述）の助動詞「ぬ」の未然形「な」・推量の助動詞「む」の連体形「む」が後続し、現代語では「きっと去ってしまうであろうこと」となります。

本文中に『竹取物語』という一作品の中で一番多く助動詞が積み重なっているところがあります。「長き契りの無かりければ、程なく罷《まか》りぬべきなるめり」の「罷《まか》りぬべきなるめり」のところです。動詞「罷る」があり、その下に「ぬ」「べし」「なり」「めり」と四つの助動詞が積み重なっています。「うわっ、四つも」と驚いてしまいますが、実はこれ、二つと二つと考えられます。

第四章で基本の文型を見ました。この文は「△△が□□なり」の言い方で、③の文型です。「AはBだ」「AはBである」という型の文なのです。Aの箇所は言葉として明示されていません。B「程なく罷りぬ｜べき（こと）」と示され、「B＋なる｜めり」となっているのです。

完了の助動詞「ぬ」は、「べし」といった推量の助動詞に上接して、まだ起こっていない事柄に関して「きっと起こるだろう」のニュアンスを述べる使われ方をすることがあります。ですから「程なく罷りぬ｜べき（こと）」は「間もなく月の世界に確かに帰るであろうこと」の意となります。「なるめり」は「であるようだ」の意味です。A「（身に備わるわたしの運命）」はB「間もなく（月の世界に）帰らなくてはならないこと」「であるようです」、となります。

今までも「AはBなり」には何度かお目に掛かってきました。専門的には繋辞《けいじ》文と呼ばれているもので、疑問文などと同様やはりどの言語にも存在するものです。英語では「be動詞文」が該当します。古文でも基本文型として大切なものですが、断定の助動詞「なり」として学習するだけで基本文型として認識されることがほとんどありません。Bの部分には単純に名詞が来ていることもありますが、ここの場合のように活用語の連体形が来ることもあります。第八章で見るように、連体形は文の中で名詞として働くことが多いのです。

各助動詞については本書末尾に載せた古文助動詞の整理表を御覧ください。覚えやすくする工夫を施してありますから利用してみてください。

各助動詞について少しだけ説明を補足します。

過去の助動詞「き」「けり」については第五章の語注で、打消に関わる助動詞「ず」「じ」「まじ」については第四章で触れました。確認してみてください。「じ」「まじ」についてはそれぞれ推量の助動詞「む」「べし」の打消の意味をおおよそ担うと言われています。本章の文章にも「弓矢して射られじ。」「猛《たけ》き心使《つか》ふ人もよもあらじ」「罷《まか》らむ道も安くもあるまじきに」「うるはしき姿したる使《つかひ》にも障《さは》らじ」と出て来ます。

受身・使役に関わる助動詞「す・さす」「る・らる」について。これらは現代でも「せる・させる」「れる・られる」として使われていますからそれを念頭に置いて理解しましょう。「す・さす」が「せたまふ」「させたまふ」と二重尊敬のときに使われること、「る・らる」のもともとの意味が自発であること、「る・らる」が軽い尊敬に使われること、に注意しましょう。また「る」「らる」と二つあるように意識するかもしれませんが、未然形がア音で終わる動詞にはそのまま「る」がぶら下がっているだけであり、未然形がア音で終わらない動詞にはア音を補うための「ら《ra》」が「る」の前に入り込んでいることが分かれば同じものであることが分かると思います。未然形がア音で終わる動詞が四段活用・ナ行変格活用・ラ行変格活用の動詞であり、未然形がア音で終わらない動詞がそれら以外、というわけです。「す」「さす」でも同様のことが言えます。受身のときは「アる」、使役のときは「アす」、これらが基本の形です。

完了の助動詞「つ」「ぬ」について。「つ」が他動詞に多く付いて動作がすでに終わった事態に対して使われる傾向があり、「ぬ」が自動詞に多く付いて動作が発生した事態に対して使われる傾向があるといった差がありますが、とりあえずいずれにも「〜してしまった」「〜してしまう」といった訳をまず宛てがえるようになってください。注意すべきは、「〈頭《かしら》打ち破《わ》られぬ〉と覚ゆれば」（第三章）といった使われ方です。則光が一人目の盗賊に襲われたときの文ですが、まだ則光の「頭」は「破《わ》られ」てはいません。盗賊に「破《わ》られ」そうな時の、則光の心の中の思いです。完了の「ぬ」はこれから起こるかもしれない事柄に対しても用いられます。過去の出来事に対して用いられる訳ではなく、動詞によって示された動作が確実にそうなってしまうという意味を付加するのです。「ぬ」も「つ」も時制には関わりません。

存続の助動詞「たり」「り」について。「書きてあり」の「てあり」が約《つづ》まって「たり」になって「書きたり」に、「書きあり」の「きあ」が約《つづ》まって「け」になって「書けり」となったものだと言われています。ですから「〜している」「〜してある」といった訳を宛てがえるようになってください。「書きあり」が約《つづ》まって「書けり」となったのですから「り」が何形にぶら下がっているとは言えないのですが、無理に接続として扱おうとして已然形接続（命令形接続とも）ということにしています。動詞の活用表に照応させた帳尻合わせです。この「り」の接続だけ他の助動詞と大きく異なります（「接続」によった整理をしているにもかかわらず、巻末の整理表では「り」は「たり」の横に置いてあります。ご注意ください）。

推量の助動詞「む」「けむ」「らむ」について。「む」は現代日本語の「う」に似たものです。「けむ」はその過去についての言い方、「らむ」はその現在についての言い方、です。

推量の助動詞「べし」について。「べし」は現在の様子をもとに理屈から推して考えると「こうなるはずだ・こうにちがいない」と推量する気持ちを表わします。現代日本語でも「君は彼に謝るべきだ」のように使いますね。また、「べし」については文法書や古語辞典などでは意味をとても細かく区分立てしています。①推量 ②意志 ③当然・適当 ④可能 ⑤命令・勧誘、といった感じです。実際には、この場合は①の意味、この場合は③の意味、と文脈上はっきりと区分立てできるものではありません。大事なのは基本となる意味「現在の様子をもとに理屈から推《お》して考えると、将来こうなるはずだ・こうにちがいないと推量する気持ちを表わします」です。推量の助動詞「む」についても同様で、基本となる意味「まだそうなっていないことについての推量を表す」が大事です。

推定の助動詞「なり」「めり」はそれぞれ聴覚推定、視覚推定と言われています。「なり」は音や人の発言に基づく判断推定を表わす助動詞です。「めり」は視覚に基づく判断推定を表わします。目で見たことを断定的にではなく推量的に表現するのです。「めり」のほうはきっぱりと断定的にものを言うのを避けて和らげて言う場合にも好んで用いられます。これを婉曲《えんきょく》の用法といっています。

「むず」について。列挙した助動詞の中には挙げませんでした。本文中「さる所に罷らむずるも　いみじく侍らず」の「むずる」を助動詞として扱う場合もありますが、「相戦はむとすとも」や「皆開きなむとす」の「むとす」が約《つづ》まったものです。お目に掛かったときには、開いて元に戻して「罷らむとするも」として理解すれば困ることはないだろうと思います。

助動詞に関わって大事なことは、文章中でお目に掛かったとき分析して取り出せること・大まかな意味が言えること、です。そして顔なじみになったあと「意味・接続・活用」この三つを確認しながら覚えてください。本書の整理表では「接続」を要《かなめ》として表を作成してあります。「接続」というのは動詞などの何形にぶら下がるのかということです。何形にぶら下がるか（接して続くか）で整理してありますから、一番上の列にあれば、未然形にぶら下がる助動詞だということになります。どの列に位置しているかを記憶しさえすれば、動詞の何形にぶら下がるのかが分かります。また、隣り合ったもの同士あるいは上下にあるもの同士で関係づけて位置を決めていますから、位置から助動詞同士を関連づけて覚えることが可能になると思います。

最後に。

第四章からここまで述べてきたことで次のことが分かります。

これまで古文の文法として述べられてきたものでは疑問文といった基本となる文に触れられることはありませんでした。それでも古文が読解できるようになっていたのは現代日本語と古文とでは文の組み立てが大きくは違わないためで、枝葉にあたるわずかな違いを補って学習すれば良かったからのようです。そのわずかな違いである、係り結びや動詞や助動詞を学習している過程で基本となる文の学習が知らないうちに行なわれてきたようです。すなわち、

疑問文の学習　　↑係り結びに関わって疑問の係助詞「や」「か」の学習で接する。

打消文の学習　　↑打消の助動詞「ず」の学習で接する。

受身文・使役文の学習　↑受身の助動詞「る・らる」、使役の助動詞「す・さす」の学習で接する。
繫辞文の学習　↑断定の助動詞「なり」の学習で接する。
命令文の学習　↑動詞の活用として命令形の学習、また「な〜そ」という特別な物言い（副詞の呼応）で接する。
形容詞文　↑形容詞（形容動詞）の学習で接する。

文中で見知らぬ語に出会ったならばその語義を確認してやりさえすればどうにか文の理解が可能となると考えるのと同様、今までの古文読解のための文法は部分に焦点を絞ったものであって、文や文章に目配りの効いたものではなかったと言えそうです。例えば使役文や受身文では助詞「に」が、「花子に読ませなかった」「彼に殴られた」といったぐあいに大活躍します。古文でも同様です。でも、このことを学習することはほとんどなかったのではないでしょうか。
もう少し文とか文章といった大きな単位に目をやって古文読解に親しんでみてください。そのほうが古文を楽しく、より深く理解できるようになると思います。

第七章

まずはだれが話しているのかからはじまる

――敬語を理解しよう――

『源氏物語』「若紫」巻垣間見の後半部分

日本語には敬語というものがあります。他の言語にはこれほど体系的なものはないと言われていますが、この敬語が理解できているかどうかが古文読解において重要な鍵を握ることがあります。文の主語や目的語の認定に関わるからですが、それにとどまらず人間関係のありようが分かったり作品における細やかな配慮を読み取ることができるようになって読解が深まります。他の言語に移し変えられないのですから、敬語を通して古文を読むことは原文で読み味わえる者の特権と言えます。

本章で扱う本文は『源氏物語』です。十八歳の春に光源氏は或る病気に罹《かか》り、その治療のために郊外の北山に出掛けて行きます。山中に住むお坊さんに祈禱《きとう》をしてもらうためです。別の高僧の住まいに女性が住んでいるらしいのに興味を持ち、祈禱の合間に光源氏はそこを覗きに行きます。「小柴垣《こしばがき》」という垣根の所から庭を隔てて建物を覗き見するのです（「垣間見《かいまみ》」と言います）。一人の尼が読経しているのをまず目にします。そして飼っていた雀の子を逃がしてしまって泣いている十歳くらいの可愛らしい女の子に目をとめるのです。生涯を伴《とも》にすることになる女性を目にした瞬間です。本文はそれに続く部分です。

女の子の可愛らしい様子が描かれ、光源氏は自分がこの女の子に心引かれる理由に思い至ります。尼君は幼すぎる女の子を心配して女の子を前にして語り、女房と歌を詠み交わします。そこに建物の主である高僧がやって来て、光源氏が近くにやって来ている事を尼君に告げます……。

難しい本文かも知れません。古今《ここん》無双の『源氏物語』ですから。やはり声に出してゆっくり読んで内容理解に努めてください。

頬《つら》つきいとらうたげにて　眉の辺《わた》りうちけぶり　幼稚《いはけな》く掻《か》い遣《や》りたる額《ひたひ》つき・髪《かむ》ざし　いみ

じう可愛《うつく》し。〈成長《ね》び行《ゆ》かむ様《さま》ゆかしき人かな〉と目留《と》まりたまふ。〈さるは限りなう心を尽くしきこゆる人にいとよう似たてまつれるが目守《まも》らるるなりけり〉と思ふにも　涙ぞ落つる。

尼君　髪を掻《か》き撫でつつ「梳《けづ》る事をも煩《うるさ》がりたまへど、をかしの御髪《みぐし》や。いと儚《はかな》う物したまふこそ哀《あは》れに後《うし》ろめたけれ。斯《か》ばかりになれば、いと斯《か》からぬ人もあるものを。故姫君《こひめぎみ》は十《とを》ばかりにて殿に後《おく》れたまひし程《ほど》　いみじう物は思ひ知りたまへりしぞかし。唯今《ただいま》おのれ見捨てたてまつらば、いかで世におはせむとすらむ」とて　いみじく泣くを見たまふも　漫《すず》ろに悲し。幼心地《をさなごこち》にもさすがにうち目守《まも》りて伏し目になりて俯《うつぶ》したるに、こぼれ掛かりたる髪つやつやとめでたう見ゆ。

　生ひ立たむ在《あ》り処《か》も知らぬ若草を　後《おく》らす露ぞ消えむ空無き

また居《ゐ》たる大人《おとな》「げに」とうち泣きて

　初草の生ひ行く末も知らぬ間《ま》に　いかでか露の消えむとすらむ

と聞こゆる程に、僧都《そうづ》　彼方《あなた》より来て「此方《こなた》は顕《あらは》にやはべらむ。今日しも端《はし》におはしましけるかな。この上《かみ》の聖《ひじり》の方《かた》に　源氏の中将の　瘧病呪《わらはやみまじな》ひに物したまひけるを、唯今《ただいま》なむ聞きつけはべる。いみじう忍びたまひければ、知りはべらで此処《ここ》にはべりながら御訪《とぶら》ひにも詣《まう》でざりける」とのたまへば、「あな　いみじや。いと賤《あや》しき様《さま》を人や見つらむ」とて簾《すだれ》下《お》ろしつ。

「この世にののしりたまふ光源氏　斯《か》かる序《ついで》に見たてまつりたまはむや。世を捨てたる法師の心地《ここち》にもいみじう世の愁忘《うれへ》れ　齢《よはひ》延ぶる人の御有様《ありさま》なり。いで御消息《せうそこ》聞こえむ」とて立つ音すれば、帰りたまひぬ。

雀に逃げられて泣いていた女の子が尼君に呼ばれてその脇にちょこんと座ったところからお話しは始まります。「**頬《つら》つき**」「**眉の辺《わた》り**」「**額《ひたひ》つき**」「**髪《かん》ざし**」と女性を目にしたときに男性が注目しそうなところを描写します。この辺りの文章は光源氏が見たとおりを描きます。我々読者が光源氏の立場に自分を置いて物語中の出来事を体験する書き方です。「**ゆかし**」は魅力的な対象物に接して自分の心が対象物に向けて「出て行《ゆ》く」感じになる状態を言います。文字どおり「心引かれる」状態です。そして恋い慕っている女性にこの女の子が似ているから、この女の子に心引かれるのだということに気付いて、自分の恋心を再確認して「**涙**」を流すのです。「**いとよう**」の「**よう**」は「よく」の音便化です。

尼君は女の子が可愛らしいことを指摘しつつ幼稚すぎるのを悲しみます。それが次の発言です。「**をかし**」は「招《を》く」から生じた形容詞と言われ、対象物に心が招き寄せられるような様子であるときに使われます。「**物し**」は終止形は「物す」で、ある・行く・言うといった動詞の代わりに使われるものです。ものを明言しない言い方として平安時代の作品では好んで使われています。「**故**《こ》**姫君**《ひめぎみ》」とは誰の事なのか分かりませんし、実はこの「**尼君**」も「女の子」もどこの誰なのか分かっていません。「尼君」と「女の子」とがどういう関係なのかも分かっていないのです。「故姫君」と「女の子」とが関係あるらしいとは推測できます。尼君は「女の子」と「故姫君」とを比較して「故姫君」はもっとしっかりしていたと発言するのですから。で、自分が見捨てることになると路頭に迷うかも知れない女の子のことを心配して泣きます。その様子を見て光源氏はもらい泣きしそうになります。「**漫**《すず》**ろに**」というのははっきりした理由なく或る状態になるときに使われます。「**さすがに**」は「さ」が指示語、現代日本語の「さすがに」と同意です、そうは言っても、の意です。そして女の子の髪の美しさが強調されるのです（当時の美人の第一条件は美しい黒髪でした）。

「女の子」の将来を心配する歌を尼君が詠み、同意する歌を「**居**《ゐ》**たる大人**《おとな》」の女房が詠みます。

そこに建物の主である「**僧都**《そうづ》」が部屋の奥から登場し、光源氏が北山に来ていることを伝えます。「**今日しも**」の「し」「も」、どちらも強意です。よりによって今日、今日に限って、の意。「**忍びたまひければ**」の「**忍ぶ**」は人目を忍んでこっそりと、の意。「**賤**《あや》**しき様**《さま》」の「**あやし**」は怪しいの意でも賤しいの意でも使われます。「**ののしりたまふ**」の「**ののしる**」は古文では普通は大声で騒ぐですが、ここではその結果として世間で盛んに噂されている、評判が高い、の意です。この僧都は都において光源氏と知り合いなので これから連絡を取って挨拶をしようと席を立ちます。光源氏は慌てて自分の寝泊まりしている場所に戻ります。ここの「**立つ音すれば**」に注目です。直前に「**簾《すだれ》下《お》ろしつ**」とありました。その段階で部屋の中は光源氏から見えなくなっています。「**この世にののしりたまふ……**」の発言は聞こえているだけで、僧都がその場から立ち去ろうとしているのも「**立つ音すれば**」で光源氏は理解したのです。上手な描き方ですね。

現代語訳

頬の様子がとてもあどけなくて眉毛のあたりがぼうっとした感じで子供っぽく掻き上げた額の様子・髪の生え際がとても可愛らしい。〈成長していくさまを見たい人だ〉と（光源氏は）目をお止めなさる。〈というのも限りなく心を尽くして御慕い申し上げているあの方に、とてもよく（この少女が）似申し上げているので自然見つめることになるのだなあ〉と思うにつけても涙が落ちる。

尼君は（少女の）髪をかき撫でかき撫でして「櫛でとくのをいやがりなさるが、綺麗な御髪《みぐし》。とても子供っぽくっていらっしゃるのがつくづく不安です。これ位のお年になると、こんな（幼稚）ではない人もいますのに。亡くなった姫君は十歳位で父上に先立たれなさった時にはよく物はわきまえていらっしゃったのに。たった今わたくしが（死んで）お見捨てしたならば、どうやって生きていくおつもりでしょう」と言ってひどく泣くのを見なさるにつけても（光源氏は）わけもなく悲しい。（少女は）幼心地に、そう（子供っぽい）はいっても（尼君を）じっと見つめなさって伏目になってうつむくと、こぼれかかった髪がつやつやとしてとても美しく見える。

成長していく場所も分からない若草をここに留め置く露は消えていく空が無いことです（成長していく場所もまだ分からないこの子をこの世に置いていくわたくしは死のうにも死ねないことです）。

また座っていた年かさの女房の一人が「ほんに」と泣いて

初々しい草が成長していく将来も分からない時にどうして露が消えようとするのでしょう（この子の生い先も見届けないでどうして尼君は死ぬことを口になさるのでしょう）。

と申し上げている時に、僧都が（部屋の奥の）あちらから来て「こちらは丸見えでございましょう。今日に限って（外から丸見えの）端近にいらっしゃることですね。この上の聖のところに源氏の中将が熱病の治療にいらっしゃっているのを、たった今聞き付けました。たいそうお忍びでいらっしゃったので、存じ上げずここにおりながらご挨拶にも参上しませんで」とおっしゃるので、「あぁ大変。（わたしたちの）見苦しい様子を人が見ていたかしら」と言って簾を降ろしてしまった。「世間で評判を取っていらっしゃる光源氏さまを、この機会に見申し上げなさいませんか。世の中を捨てた（わたくしのような）法師の気持ちにもとても世の中の憂えを忘れさせ寿命が伸びるような御様子です。さて御挨拶を申し上げよう」と言って立つ音がしたので、（光源氏はご自身の滞在先に）

お帰りになった。

敬語の説明をはじめましょう。まず基本の確認です。

物語文を例に取ると、その文章は、「会話」「心中思惟《しい》（心の中の思い）」の部分と、「地の文《ぶん》」と呼ばれる部分と、大きく二つに分けられます。

この章の本文では、「**あないみじや。いと賤《あや》しき様《さま》を人や見つらむ**」のように「　」で括《くく》った部分が会話の箇所、〈**成長《ね》び行《ゆ》かむ様《さま》ゆかしき人かな**〉のように〈　〉で括《くく》った部分が心中思惟（心の中の思い）です。よく分かっておいてほしいのは、これらの箇所は、登場人物である尼君だったり、光源氏だったりが、言葉に発したり心の中で思っているということです。確かに『源氏物語』という作品自体は紫式部という歴史上の実在人物が作者かも知れませんが、作品内においてはこうした思惟や発言は登場人物である尼君や光源氏がしているという建前《たてまえ》になっています。

「地の文」とは、こうした「会話」「心中思惟」の部分以外の箇所です。第一段落ですと、**頬《つら》つきいとらうたげにて…いみじう可愛《うつく》し。**とか、**と目留《と》まりたまふ。**とか、**と思ふにも 涙**

ぞ落つる。の箇所です。こういった部分を話しているのは、物語上で設定されている語り手です（『源氏物語』の場合、主人公光源氏と同時代を生きていた古女房が語り手として語る設定になっていると言われています）（発言や思惟の部分も厳密に言えば、この古女房の語りのうちに含まれるものでしょうが、尼君や光源氏がなしたものとしてまずは受けとめて物を考えることにしましょう）。

このような、誰がその部分の話し手であるかが敬語にあっては重要です。敬語にあっては、その言い方を選び取って発言している人物が常に敬意の発信元であるからです。この基本を常に念頭に置いて敬語のことを認識しましょう。

さて、敬語は大きく二つに分類されます。

まずその一つ目です。現代日本語の「です」「ます」に該当するものです。歌の贈答があったあとの僧都の発言の冒頭に「**此方《こなた》は顕《あらは》にやはべらむ。**」の一文があります。これは敬語を含まない通常の言い方に直すと「此方は顕にやあらむ」となります。「あり」のところを、「はべり」に変えた言い方を、この話し手僧都は選び取って発言しているのです。聞き手である尼君に対して敬意を込めた言い方です。

平安時代においては、この「はべり（侍り）」を用いた言い方が「丁寧《ていねい》」な言い方の代表選手です。話しの内容・事柄には関わらず、聞き手へのかしこまった気持ちを表わします。話し手が聞き手に対して丁寧な口調で話しているのです。原則として会話文や手紙でしかお目に掛かりません。

このあとも僧都は尼君に対して丁寧な話し方をします。

「**此方《こなた》は顕《あらは》にやはべらむ。今日しも端《はし》におはしましけるかな。この上《かみ》の聖《ひじり》の方《かた》に源氏の中将の瘧病《わらはやみまじな》呪ひに物したまひけるを、唯今《ただいま》なむ聞きつけはべる。いみじう忍びたまひければ、知りはべらで此処《ここ》にはべりながら御訪《とぶら》ひにも詣《まう》でざりける**」

「です」「ます」に該当しますが、使われ方に違いがあります。現代日本語で「です」「ます」が使われるときは「です」「ます」調で発言全体を色づけた言い方がされますが、古文の「はべり」は全体でなく部分にちょっと使われることの方が多いのです。そのため少ししか使われていないときに注意が必要です。

丁寧語といえば平安時代にはこの「はべり（侍り）」がもっぱら使われていました。時代が下って鎌倉時代に入ると、「さぶらふ（候ふ）」がこれに取って代わります。江戸時代にもこの

「さぶらふ」は変化して生き続けました。江戸時代の手紙文の文体「候文《そうろうぶん》」がそれです。

大きく分類される二つ目です。この二つ目を、また二つに分けます。

まずその一つ。

僧都の発言に「**源氏の中将の瘧病呪《わらはやみまじな》ひに物したまひけるを**」とあります。「物したまひ（ける）」の部分は、動詞「物す」に「たまふ」がぶら下がった形です。「たまふ」は元々「（身分の高い人が身分の低い人に）物をお下しになる・お与えになる」意味の動詞ですが、このように他の動詞にぶら下がって助動詞のように用いられもします。補助動詞と呼んでいます。動詞としての意味が無くなり、敬意を込めるためだけに用いられます。動詞「物す」の主語（＝「動作の為手《して》」）である「源氏の中将」に敬意を抱いていることを示そうとして、会話の話し手「僧都」が、この「たまふ」を選び取って発言しているのです。

このように、動詞の主語にあたる人物に敬意を払おうとして使われるものを「**為手《して》尊敬**」と言います。

別のもう一つ。

次の僧都の発言に「**この世にののしりたまふ光源氏 斯《か》かる序《ついで》に見たてまつりたまはむや**」

とあります。「見たてまつりたまは（む）」は、動詞「見る」の連用形「見」に、「たてまつる」と「たまふ」とが付いています。

「たまふ」は、いま確認した「為手《して》尊敬」で、動詞「見る」の為手《して》「尼君」への敬意が示されています。

対して、「たてまつり」は、「見る」の目的語（＝「動作の受手《うけて》」）にあたる人物「光源氏」に敬意を抱いていることを示そうとして、会話の話し手「僧都」が、この「たてまつる」を選び取って発言しているのです。「たてまつる」という語は、元々「（身分の低い人が身分の高い人に）物を差し上げる・献上する」意味の動詞ですが、ここではやはり補助動詞です。

このように、動詞の目的語にあたる人物に敬意を払おうとして使われるものを「受手《うけて》尊敬」と言います。

先程の「丁寧」の説明のときには「話しの内容・話柄には関わらずに使われる」と言いましたが、こちらの二つは「話しの内容・話柄に関わって使われる」のです。話しの中に登場する人物に用いられ、それをよく「話題中の人物への」と言っています。

「為手《して》尊敬」「受手《うけて》尊敬」の二つは結局、動詞によって示される動作の主語にあたる人物への敬意・動作の目的語にあたる人物への敬意、それらを示そうとして話し手によって使われているものです。
ここまで述べてきたことを表にまとめると、次のようになります。

①聞き手への敬意を示す
A：丁寧《ていねい》

②話題中の人物への敬意を示す
B：為手《して》尊敬
C：受手《うけて》尊敬

この、二類①②・三種ABCをしっかり認識してください。

通常用いられている「尊敬」「謙譲」という術語を本書は使わず、「為手《して》尊敬」「受手《うけて》尊敬」を使っています。「為手《して》尊敬」が「尊敬」、「受手《うけて》尊敬」が「謙譲」に該当します。札《レッテル》としてはこちらの方がふさわしいからです。

「見たてまつりたまふ」では、「たまふ」で「見る」という動作の主語に当たる人物「尼君」への敬意を示す一方で、「たてまつる」で動作「見る」の目的語に当たる人物「光源氏」への敬意をも示しています。「謙譲」というのはへり下ることをいうのですが、誰もへり下ってはいません。現代日本語の文法では皆さんが日常生活のなかで実際に敬語を使うことを念頭において説明がなされ、自分のことをへり下って物を言うときに「謙譲」という語が使われます。でも私たちは古文を話したり書いたりすることはありません。ただ読むだけで、ことばを使う当事者となることはありません。現代日本語の敬語についての知識を払拭《ふっしょく》して理解してください。実際には古文の敬語の考え方のほうがいろいろな説明に広く適応するのですが。

大事な点を二点、確認します。

一点目。現代日本語に、「吉田先生は鈴木くんに……とおっしゃった。」という言い方と、「吉田先生は鈴木くんに……と言いなさった。」という言い方があります。「おっしゃる」は動詞ですし、「言いなさる」は動詞「言う」に補助動詞「なさる」がぶら下がった言い方です。どちらも「言う」の、為手を尊敬する言い方です。本文中では「のたまへば」のところで動詞「のたまふ」が使われています。これは「言ふ」の為手尊敬の動詞です。別に「言ひたまふ」

という、補助動詞「たまふ」をぶら下げた言い方もできます。日常生活の中の基本的な動作を示す動詞については敬語動詞が存在します、「のたまふ」「おはす」「思《おぼ》す」「御覧《ごらん》ず」など。対して「言ひたまふ」「ゐたまふ」「思ひたまふ」「見たまふ」と言っても、現代日本語同様にほぼ同価値の敬意です。ただ為手尊敬の動詞がある場合はそちらが使われるのが普通です。

そして、現代日本語では動詞「言う」に対して為手尊敬「おっしゃる」と受手尊敬「申し上げる」があるのと同様に、古文でも為手尊敬「のたまふ」と受手尊敬「申す」「聞こゆ」があります。

こうしたことを巻末に表にまとめましたから参考にしてください。

二点目。敬意には度合いがあります。「言はせたまふ」＞「言ひたまふ」＞「言はる」＞「言ふ」と、四段階が指摘できます。

「言はせたまふ」について。身分の高い人はご自身では手を下さず、付き人に「ものをさせる」ものです。身分の高い人自身の行為と見なせるため、この「せ」を尊敬と解釈します。そうすると、「せ」も「たまふ」も為手尊敬となり、二重尊敬ということになります。地の文でこの敬語が用いられるのは帝かそれに類する天皇家の人です。一番高い敬意を示すことになるので最高尊敬とも言います。

「言ひたまふ」では、「たまふ」一つだけが為手尊敬に使われています。「言はる」というのは動詞「言ふ」に助動詞「る」が付いているケースです。軽い尊敬の意を示すと言われ、平安時代末期以降の作品でお目に掛かるものです。

度合いが一目瞭然の例を紹介しましょう。

女御殿《にょうごどの》・対の上は一つに奉《たてまつ》りたり。次の御車には明石の御方・尼君　忍びて乗りたまへり。女御の御乳母　心知りにて乗りたり。（『源氏物語』「若菜下」巻）

牛車に乗る行為を言うときに、天皇の奥様「女御殿」や光源氏の正妻「対の上」には「**奉る**」が、貴族の奥様「明石の御方」「尼君」には「**乗りたまふ**」が、女房クラスの「乳母」には単に「**乗る**」が使われています。敬意の度合いにより言い方が選び取られるのがよく分かるケースです。

注意が必要なのは、地の文で使われているのか会話文で使われているのかによって、あるいは、どのような身分の人々が多く登場しているのかによって、敬意の度合いの基準にぶれが生じることです。場面からケースバイケースで考えましょう。

本文中に使われている敬語について幾つかのことを補足確認しましょう。

歌の贈答の前に、尼君が女の子を前に言葉を発する発言部分があります。ここで尼君は、「女の子」についてまず言及し、次に「故姫君」について言い及びます。のちに判明することですが、尼君にとってこの「女の子」は実の孫、「故姫君」は実の娘です。現代日本語で自分の孫や娘について言うときに敬語は使いませんよね。でも古文だと自分の身内に敬語を使うことがあります。身内意識よりは社会的なステータスのほうが目安となります。「女の子」は式部卿の宮のお嬢様であって皇統の血筋ですし、「故姫君」は大納言の娘であって高い身分の貴族のお嬢様です。娘や孫であっても社会的なステータスを重視して丁重に扱った物言いをするのが普通なのです。そしてこの発言で尼君は、孫に為手尊敬は使いますが、丁寧語「はべり」は使っていません。丁寧語「はべり」は身分の高い相手にかしこまって物を言う場合に使われることが多く、ここはそれほど堅苦しい口調ではないということなのでしょう。

もう一つ。古文の読解においては敬語は、文の主語は誰か・目的語は誰か、を前後の文脈から考えることに使われます。敬語をもとにして、誰のことを言っているのか、誰のことを指し示しているのかを考えることになるケースが古文においてはしばしばあります。

この明瞭なケースが本文中にあります。〈**さるは限りなう心を尽くしきこゆる人にいとよ**

う似たてまつれるが目守《まも》らるるなりけり〉の部分です。

この箇所、実は我々読者は読み進めながら「限りなう心を尽くしきこゆる人」とは一体誰のことなのだろうと心の中に大きな？を持つことになります。そのとき判断の拠り所となるのが敬語です。動詞「尽くす」には受手尊敬の補助動詞「きこゆ」の連体形が付いています。光源氏が「心を尽くしてお慕い申し上げている人」と思っていることから相当に高い身分の女性ということが想像されます。次の「いとよう似たてまつれる」で、目の前の女の子がその「人」に「大変よく似申し上げている」と、やはり受手尊敬の補助動詞が用いられて目的語にあたる「人」への敬意が示されます。光源氏が心の中に思い描いている相手の女性「人」が誰なのかを我々読者が推し測ろうとするとき、これらの敬語を手がかりにして光源氏の父帝の妻の一人「藤壺」という高貴な女性に考え至る仕掛けです。この段階ではこの推測は確信は持てませんが、ほぼ間違いないものです。「若紫」巻をもう少し読み進めると、「僧都」の口から「女の子」が「藤壺の姪《めい》」にあたることが明かされます。血縁があるので似ていたのです。こうしてその女性が「藤壺」であることが確信されます。

心の中の思いは人に聞かれることがありませんから敬語を使う必要はありません。敬語はきちんと使いこなせる社会常識をわきまえていることを示すために用いられるものなのですから。

この部分、作者紫式部がわざわざ光源氏に敬意を含んだ心の中の思いをさせているように見えます。

敬語が分かるようになると、古文の作品が立体的に理解できるようになります。しっかり分かるようになってください。

さて問題演習をしておきましょう。

次の文章中から敬語に関わる表現をすべて抜き出し、誰が誰への敬意を示そうとして用いたものかを答えてください。答えは解答編にあります。

尼君　髪を掻《か》き撫でつつ「梳《けづ》る事をも煩《うるさ》がりたまへど、をかしの御髪《みぐし》や。いと儚《はかな》う物したまふこそ哀《あは》れに後《うし》ろめたけれ。斯《か》ばかりになれば、いと斯《か》からぬ人もあるものを。故姫君《こひめぎみ》は十《とを》ばかりにて殿に後《おく》れたまひし程《ほど》　いみじう物は思ひ知りたまへりしぞかし。唯今《ただいま》おのれ見捨てたてまつらば、いかで世におはせむとすらむ」とて　いみじく泣くを見たまふも　漫《すず》ろに悲し。

第八章

名詞にかかっていくかたちが名詞となること

――準体用法が大事――

『枕草子』「大納言殿 参りたまひて漢籍《ふみ》のことなど」

本章で扱うのは『枕草子』の一章段です。これまで学習してきた、長い一文・助動詞・敬語といったことを総動員して読み解くことになります。同時に、連体形について扱います。

あらかじめ冒頭部分、

大納言殿　参《まゐ》りたまひて漢籍《ふみ》のことなど奏《そう》したまふに

から、このお話しの大きな設定を確認しておきましょう。

まず「**大納言殿**」です。当時の貴族社会では実名で呼ぶのは忌避され、男性貴族はその官職名で呼ばれましたし、宮中などで勤めている女性貴族も官職名か身内の男性貴族の官職名をもとにしたニックネームで呼ばれていました。多くの作品はその慣例にならいます。ここの「**大納言殿**」は中宮定子の兄藤原伊周《ふじわらのこれちか》です（「中宮」は天皇の正妻を呼ぶ言葉です）。中宮定子は『枕草子』作者清少納言が仕えていた女性です。「**参**《まゐ》**りたまひて**」の「**参る**」は「行く」意の受手尊敬の動詞です。敬意の対象となる所を中心として求心的に接近する移動を言い、接近してゆく場所にいる人への敬意が示されます。ここでは中宮定子となると思われます。為手尊敬「**たまふ**」で「参る（行く）」動作をする「大納言殿」への敬意も示されています。次に「**漢籍**《ふみ》**のことなど奏**《そう》**したまふに**」とあります。「**奏**《そう》**す**」は「言ふ」意の受手尊敬の動詞です。目的語の人物への敬意が示され、その人物は天皇か上皇に限定されます（申し上げる対象が皇后や皇太子のときは「啓《けい》す」が使われます）。明示されていませんが、「奏す」から天皇（中宮定子の夫　一条天皇）がいらっしゃることが分かります。定子の兄伊周《これちか》は一条天皇に「ふみ」について講義をしていたのです。手紙や書物や文書といった字が書いてあるものひいては学問（漢学）が「ふみ」です。本文では「**漢籍**《ふみ》」と漢字を宛てました。伊周《これちか》は次代の政治実権を握る人物と目されていましたが、政治家にはあまり向かない学者肌の人物で、当時の学問である漢籍を読むことに秀《ひい》でていました。

この冒頭部分から、中宮定子・一条天皇そして書き手である清少納言とが「大納言殿」以外の登場人物として想定できます。古文の読解において敬語が大事な位置を示すことがよく分かると思います。一条天皇・中宮定子はそれぞれ「主上《うへ》の御前《おまへ》」「宮《みや》の御前《おまへ》」の呼称であとで出てきます。

中宮定子の所で、伊周《これちか》の、天皇への漢籍の講義が行なわれていたわけですが、その講義は深夜に及んだためその場に残った女房は清少納言だけです。夜明けが近くなった事を告げる役人の声も聞こえて来、やがて天皇もうつらうつらし始めたころ、コケコッコーという鶏の鳴き声が聞こえてきて天皇が目を覚まし、伊周が場にぴったりの言葉を口にします…。

やはり声に出して読んでみてください。

大納言殿 参《まゐ》りたまひて漢籍《ふみ》のことなど奏《そう》したまふに、例の 夜いたく更《ふ》けぬれば、御前《おまへ》なる人々一人二人《ひとりふたり》づつ失《う》せて 御屏風《みびやうぶ》・御几帳《みきちやう》の後《うし》ろなどにみな隠れ臥《ふ》しぬれば、ただ一人 眠《ねぶ》たきを念じて候《さぶら》ふに、「丑四《うしよ》つ」と奏すなり。「明けはべりぬなり」と独《ひと》り言《ご》つを、大納言殿「今更《いまさら》に な大殿籠《おほとのごも》りおはしましそ」とて〈寝《ぬ》べきもの〉とも思《おぼ》いたらぬを、〈うたて 何しに

さ申しつらむ〉と思へど、また 人のあらばこそは 紛《まぎ》れも臥さめ。主上《うへ》の御前《おまへ》の 柱に寄り掛からせたまひて少し眠《ねぶ》らせたまふを、「かれ 見たてまつらせたまへ。今は明けぬるに、斯《か》う大殿籠《おほとのごも》るべきかは」と申させたまへば、「げに」など宮《みや》の御前《おまへ》にも笑ひきこえさせたまふも知らせたまはぬほどに、長女《をさめ》が童《わらは》の 鶏《にはとり》を捕《とら》へ持て来て「明朝《あした》に里へ持て行かむ」と言ひて隠し置きたりける、いかがしけむ、犬見つけて追ひければ 廊《らう》の間木《まぎ》に逃げ入りて恐ろしう鳴き喧《のの》しるに、皆人《みなひと》起きなどしぬなり。主上《うへ》も うち驚かせたまひて「いかでありつる鶏《とり》ぞ」など訊《たづ》ねさせたまふに、大納言殿の「声 明王《めいわう》の眠《ねぶり》を驚かす」といふ言《こと》を高ううち出だしたまへる めでたうをかしきに、ただ人の眠《ねぶ》たかりつる目も いと大きになりぬ。「いみじき折《をり》の言《こと》かな」と主上《うへ》も宮も興ぜさせたまふ。なほ斯《か》かる事こそめでたけれ。

一文が長いので、一文を一段落として示し、第三章にならって「…に、」「…を、」の部分に斜線／を入れた本文を次に提示します。いま一度声に出して読んでみてください。

大納言殿 参《まゐ》りたまひて漢籍《ふみ》のことなど奏《そう》したまふに、／例の 夜いたく更《ふ》けぬれば、御前《おまへ》なる人々一人二人《ひとりふたり》づつ失《う》せて 御屛風《みびやうぶ》・御几帳《みきちやう》の後《うし》ろなどにみな隠れ臥《ふ》しぬれば、ただ一人眠《ねぶ》たきを念じて候《さぶら》ふに、／「丑四《うしよ》つ」と奏すなり。

「明けはべりぬなり」と独《ひと》り言《ご》つを、／大納言殿「今更《いまさら》に な大殿籠《おほとのごも》りおはしましそ」とて〈寝《ぬ》べきもの〉とも思《おぼ》いたらぬを、／〈うたて 何しにさ申しつらむ〉と思へど、また 人のあらばこそは 紛《まぎ》れも臥さめ。

主上《うへ》の御前《おまへ》の 柱に寄り掛からせたまひて少し眠《ねぶ》らせたまふを、／「かれ 見たてまつらせたまへ。今は明けぬるに、斯《か》う大殿籠《おほとのごも》るべきかは」と申させたまへば、「げに」など宮《みや》の御《お》前《まへ》にも笑ひきこえさせたまふも知らせたまはぬほどに、／長女《をさめ》が童《わらは》の 鶏《にはとり》を捕《とら》へ持て来て「明朝《あした》に里へ持て行かむ」と言ひて隠し置きたりける、いかがしけむ、犬見つけて追ひければ 廊《らう》の間木《まぎ》に逃げ入りて恐ろしう鳴き喧《のの》しるに、／皆人《みなひと》起きなどしぬなり。

主上《うへ》も うち驚かせたまひて「いかでありつる鶏《とり》ぞ」など訊《たづ》ねさせたまふに、／大納言殿の「声 明王《めいわう》の眠《ねぶり》を驚かす」といふ言《こと》を高ううち出だしたまへる めでたうをかしきに、／ただ人の眠《ねぶ》たかりつる目も いと大きになりぬ。

「いみじき折《をり》の言《こと》かな」と主上《うへ》も宮も興ぜさせたまふ。

なほ斯《か》かる事こそめでたけれ。

「**例の**」はいつものようにの意。伊周が漢籍を講義したのは一回だけでなくすでに何回も行なわれ、それはいつも深夜に及んだことがこの言葉から分かります。「**御前**《おまへ》**なる人々**」は定子にお仕えしている女房たちのこと。眠くなったのでこそこそと居なくなってしまいます。お仕えしている女房たちは主人からの仰せに対応するのが仕事で、いつ用を言い付けられてもよいように移動式のしきり「**屏風**《びやうぶ》」「**几帳**《きちやう》」の陰での雑魚寝《ざこね》です。女房としては清少納言一人だけが伊周と一条天皇との講義をそばで聞いているのです。内裏には水時計があり、夜九時以降は三十分置きに係の役人が刻《とき》をふれて回ります。その声が「**丑四**《うしよ》**つ**」です。「**奏すなり**」と、動詞「**奏す**」が使われているのは宮中で行なわれる仕事はすべて最終的に天皇に対して行なわれるものだからです。「**なり**」は聴覚推定の助動詞「なり」です。終止形（ラ変のみ連体形）に付きます。耳で聞いて判断されたことなのです。「**明けはべりぬなり**」の「**なり**」も同じで、刻《とき》を告げる役人の声から判断されたのです。ここの「**ぬ**」は完了の助動詞の終止形です。「**独**《ひと》**り言**《ご》**つ**」とあっても本当の独り言ではありません。「**明けはべりぬなり**」と丁寧語「**はべり**」が使われているからです。大納言や定子に聞こえるのを意識した発言です。

清少納言の独り言を耳にした伊周は「**今更**《いまさら》**に　な大殿籠**《おほとのごも》**りおはしましそ**（いまさら寝なさいますな）」と、帝に釘を刺します。これが天皇を聞き手として意識した発言であることは、「寝《ぬ》」の為手尊敬動詞「**大殿籠**《おほとのごも》**る**」に「**おはします**」までもが動員されて最高尊敬の物言いになっているところから分かります。清少納言は不用意な発言をしたことを後悔します。

でも眠いのは女房や清少納言だけではないようで帝もうとうとし始めます。大納言は妹中宮定子に居眠りを始めた帝を指さして「**かれ 見たてまつらせたまへ**」と言うと、「**げに**」と中宮定子は「**笑ひ**」なさいます。兄と妹とのほほえましい場面です。「**かれ**」は男性のことではありません、「あれ」の意の指示語です。「**げに**」は相手の発言を肯定的に受け止める時に使われます。なるほど・その通りだ、の意です。と、突然に鶏が夜明けを告げる鳴き声を上げたのです。部屋の上下に横に渡してある柱を長押《なげし》と言い、上長押《かみなげし》の上にある棚を「**間木**《まぎ》」と呼びます。「**廊**《らう》**の**」とありますから、宮中の建物と建物との間の渡り廊下にあった「間木」となります。犬に追われてそこに逃げ込んだ鶏が雄叫びを上げたのですね。

鶏が作る鬨《とき》の声に皆ががやがやと言って起き出してきたのが聞こえてきます。「**皆人**《みなひと》**起きなどしぬなり**」の「**なり**」が聴覚推定の助動詞であることから分かることです。帝もびっくりして目を覚ましました。それが「**うち驚かせたまひて**」です。

大納言がこの場面にぴったりの漢詩の一部を口にします。「**声 明王**《めいわう》**の眠**《ねぶり》**を驚かす**」です。九世紀に都良香《みやこのよしか》という人物が作った漢詩の詩句「鶏人《けいじん》 暁《あかつき》に唱《とな》へて 声《こゑ》 明王《めいおう》の眠《ねぶ》りを驚《おど》ろかす 梟鐘《ふしょう》 夜鳴《よるな》りて 響《ひびき》 暗天《あんてん》の聴《きき》に徹《とほ》る」（刻を告げる役人が暁の刻を告げてその声が王の眠りを覚ます 刻を告げる鐘が夜鳴ってその響きが暗い空の下 人々の耳に達する）の「鶏人」の「鶏」を踏まえた朗詠だったのです。

現代語訳

大納言伊周さまが（宮さまのところへ）参上なさって（帝に）漢籍のことなどを進講なさるうちに、いつものように夜がすっかり更けてしまったので御側にいる女房たちは一人二人とだんだん居なくなって御屏風《みびょうぶ》や御几帳《みきちょう》の後ろなどにみな隠れて横になってしまったので、（私が）たった一人眠いのを我慢して控えていると、「丑四《うしよ》つ（午前二時半）」と（時刻を）申し上げるのが聞こえてきた。「夜が明けてしまうようです」と（私が）つぶやくと、大納言殿は「（帝は）いまさらお休みなさってはなりません」とおっしゃって〈寝るべきもの〉とはまったく思っていらっしゃらないので、〈しくじった、なんだってあんなことを申し上げたのかしら〉と思うが、他に人がいるなら紛れてごまかして横にもなれようが……。帝が柱に寄り掛かりなさって少しうとうとなさっているのを、（大納言殿が）「あれを御覧申し上げあそばせ。もう夜が明けてしまうのに、あんな風にお休みになられてよいものですかねえ」と（宮さまに）申し上げなさると、「ほんに」などと宮さまも笑い申し上げていらっしゃるのを（帝が）気付きなさらないでいるときに、長女《おさめ》のところの童が鶏《にわとり》をつかまえて持って来て「明朝に実家へ持って行こう」と言って隠して置いたのを――どうしたのだろう――

犬が見つけて追いかけたので廊《ろう》の棚に逃げ込んで大きな声で鳴き騒いだので、（屏風や几帳のうしろの）皆が起き出したようだ。帝もはっとお目覚めになって「どうして鶏が居たんだね」などとお尋ねなさるときに、大納言殿が「声　明王《めいおう》の眠《ねぶり》を驚かす」という漢詩の一句を朗々と口になさる　それがすばらしく趣があるので、（私のような）つまらぬ人間の眠たかった目も（ぱっちりと開いて）大きくなってしまった。「折にぴったりの文句だね」と帝も宮さまも興じなさる。なんといってもこのような事がすばらしい。

『枕草子』にはこうした時宜《じぎ》にかなう、ウィットに富んだ発言が出てくるお話しが満載です。軽妙なやり取りと言えばいいでしょうか。言葉に敏感だったことが分かります。そうした時代に生み出された作品だからこそ『源氏物語』でも『枕草子』でも言語を駆使した作品としては一級の作品として評価されることになったのでしょう。

さて、名詞にかかっていく形＝連体形について見ていきましょう。

連体形という活用形から想像されるのは「御前なる人々」「ただ人の眠たかりつる目」や「山の西塔千手院に住みたまひける静観僧正」「やうやう白くなりゆく山際」「鎖し籠めて守り

たまふべき下組」といった例でしょう。それぞれ傍線部が下の名詞（体言）にかかっています。体言に連なる形というのが素直に理解されるでしょう。

この連体形が古文の文章を読んでいくと、いろいろな形で使われているところに遭遇します。それを確認していきましょう。

その、まず一つ目。

「眠たきを念じて」では、形容詞「眠たし」が連体形であることで文中で名詞として振る舞います。「宮の御前にも笑ひきこえさせたまふも知らせたまはぬほど」では、補助動詞「たまふ」が連体形であることによって「宮の御前にも笑ひきこえさせたまふ」が文中で名詞として振る舞うのです。傍線部のうしろに「こと」を補うと解釈しやすくなるケースです。「火など急ぎ熾して炭持て渡るもいとつきづきし」の「渡る」、「雪の降りたるは言ふべきにもあらず」の「雪の降りたる」「言ふべき」も同様です。連体形は文の中でそれ自身が名詞として働くことがあるのです。こうした使い方を「準体用法（準名詞用法）」と呼ぶことがあります。これから見る連体形もすべてこの「準体用法（準名詞用法）」に拠るものです。

二つ目。

第三章で古文にはだらだらとした長い文が多いと書きました。活躍しているのが助詞「に」「を」だと書き、本章の本文も「…に、」「…を、」で区切って文章を整理しました。「大納言殿参《まゐ》りたまひて漢籍《ふみ》のことなど奏《そう》したまふに、」「ただ一人 眠《ねぶ》たきを念じて候《さぶら》ふに、」『明けはべりぬなり』と独《ひと》り言《ご》つを、」「〈寝《ぬ》べきもの〉とも思《おぼ》いたらぬを、」「廊《らう》の間木《まぎ》に逃げ入りて恐ろしう鳴き喧《のの》しるに、」『いかでありつる鶏《とり》ぞ』など訊《たづ》ねさせたまふに、」、この傍線部分で使われているのも連体形です。一つ目と同様に、文の中で名詞として働いているものです。

三つ目。

『伊勢物語』の多くの章段は「昔 男 ありけり。」という一文で始まります。対して入門期に習うことの多い『宇治拾遺物語』「博打《ばくち》の婿入り」のお話しは「昔 博打《ばくち》の子の年若《としわか》きが目鼻一所《ひとつところ》に取り寄せたるやうにて世の人にも似ぬ ありけり。」という一文で始まります。この二つの文は同じ構造をしています。

昔 男 ありけり。

昔 博打《ばくち》の子の年若《わか》きが目鼻一所《ひとつところ》に取り寄せたるやうにて世の人にも似ぬ ありけり。

「男」の部分と「博打《ばくち》の子の年若《わか》きが目鼻一所《ひとつところ》に取り寄せたるやうにて世の人にも似ぬ」の部分とが文の中で同じ働きをしているのです。「博打《ばくち》の子の年若《わか》きが目鼻一所《ひとつところ》に取り寄せたるやうにて世の人にも似ぬ」は、「男」同様に、これで一個の名詞のようなものと考えられるのです。「博打打ちの子で年が若い子で、目鼻を一ヶ所に取りまとめたようであって世間の人に似ない子」となります。とてもブサイクな青年です。末尾「世の人にも似ぬ」の「ぬ」つまり打消の助動詞の連体形「ぬ」、これでこの部分全体が名詞として働きます。

考えてみると、「昔 男 ありけり」という一文は奇妙な気がします。名詞「昔」は副詞的に働くとは言うものの放り出されていますし、名詞「男」も放り出されていて、それを「ありけり」が受けるともなく受けて一文であるように感ぜられるからです。現代日本語と比べて、助詞が使われていないケースが古文にはよくあると言われます。「昔に男が居た」と助詞「に」「が」が使われていれば各名詞が文中でどのような役割を果たしているのかがはっきりするでしょう。助詞が使われていないとそれぞれの名詞はそこに放り出されているだけで他の部分とどのような関係性を持つのか明示されていないことになります。この放り出されている部分が「博打《ばくち》の子の年若《わか》きが目鼻一所《ひとつところ》に取り寄せたるやうにて世の人にも似ぬ」のように長くなっている場合があるのです。

同様な例が本章の本文中にもあります。

「長女《をさめ》が童《わらは》の　鶏《にはとり》を捕《とら》へ持て来て『明朝《あした》に里へ持て行かむ』と言ひて隠し置きたりける」

「大納言殿の『声　明王《めいわう》の眠《ねぶり》を驚かす』といふ言《こと》を高ううち出だしたまへる」

この二箇所です。助詞「の」は、「私の本」「古文の文法」「空の星」というように、本来「名詞＋の＋名詞」で使われ、上の名詞と下の名詞とをつなげる役割を果たします。「長女が童」は一名詞相当です。下に「の」があります。「鶏《にはとり》を捕《とら》へ持て来て『明朝《あした》に里へ持て行かむ』と言ひて隠し置きたりける」が末尾が連体形であることで名詞相当です。名詞相当と名詞相当とが「の」で結びついていて、最終的に「長女《をさめ》が童《わらは》　の　鶏《にはとり》を捕《とら》へ持て来て『明朝《あした》に里へ持て行かむ』と言ひて隠し置きたりける」が一個の長い名詞句となっています。「の」の前と後ろとが主述の関係になっているという説明も可能ですが、一つの長い名詞句となっているのも確かです。この長い名詞句が後ろにどのようにかかっているのかは実は明示されていません。放り出されているだけで、意味の上から前後となんとなく繋がっているように理解されるのです。

「大納言殿の『声　明王《めいわう》の眠《ねぶり》を驚かす』といふ言《こと》を高ううち出だしたまへる」も、「大納言殿」

が一名詞です。下に「の」があります。『声明王《めいわう》の眠《ねぶり》を驚かす』といふ言《こと》を高ううち出だしたまへる」が末尾が連体形であることで名詞相当です。「名詞＋の＋名詞」となって、「大納言殿の『声明王《めいわう》の眠《ねぶり》を驚かす』といふ言《こと》を高ううち出だしたまへる」がやはり一個の長い名詞句となっています。この長い名詞句が「めでたうをかしき」にかかっていると理解されるのです。「主上《うへ》の御前《おまへ》の柱に寄り掛からせたまひて少し眠《ねぶ》らせたまふを、」も同様と見えます。「主上《うへ》の御前《おまへ》の柱に寄り掛からせたまひて少し眠《ねぶ》らせたまふ」が一個の長い名詞句となっているのです。最後の「を」は接続助詞ではなく格助詞ということになるのですが、後ろにどのようにかかっていっているのか明晰ではありません。

長い一文を大きなまとまりに分けて文意の把握に努めると良いと述べたのと同様に、長い名詞句を大きなひとまとまりとして、意味の上で前後とどのような関係になっているのかを考えようとすると、読解に役立ちます。明確な格関係は指摘できないかも知れませんが、文意は把握できるようになります。そのためにもやはり音読が有効です。

四つ目。

第六章で「AはBなり」という繋辞文を学習しましたが、この「なり」の上に来るのは名詞もしくは活用語の連体形です。例えば「日本一の山は富士山なり」とか「柿本人麻呂　歌の聖なり」というのが「名詞Aは名詞Bなり」の形であるのは理解していただけるでしょう。別に、連体形で名詞相当のBとなっている例もあります。「心に思ふことを見るもの聞くものにつけて言ひ出だせるなり。」「尊勝陀羅尼の声を承《うけたまは》りて参《まゐ》りはべるなり。」「あの国の人をえ戦はぬなり。」「悲しく侍《はべ》るなり。」「御心《みこころ》をのみ惑《まど》はして去りなむことの　悲しく堪《た》へ難《がた》くはべるなり。」「思ふことも無くはべるなり。」など。連体形はこうした所でも使われるのです。

以上が、連体形の使われ方です。名詞にかかっていく形＝連体形、という理解がされているだけかも知れませんが、文章の中で大変大事な使われ方をしている形ですから、注意して読んでいくと、古文の文章を理解するときの助けになります。

最後に本章の本文について、敬語と助動詞に関わって触れて本章を閉じましょう。

敬語の点から言えば、敬意に度合いがあることがこの章段からも分かります。

天皇の動作について述べるさいには「な大殿籠り　おはしましそ」「寄り掛からせ　たまひて」「眠らせ　たまふ」「知らせ　たまはぬほど」「うち驚かせ　たまひて」「訊ねさせ　たまふに」、中…

宮定子の動作について述べるさいには「見たてまつらせたまへ」「笑ひきこえさせたまふ」、天皇・中宮定子の動作について述べるさいには「興ぜさせたまふ」と、すべて最高の敬意で遇しています。大納言伊周の動作について述べるさいには「参りたまひて」「奏したまふに」「思《おぼ》いたらぬを」「うち出だしたまへる」と、普通の敬意で遇しています。「御前なる人々」「長女が童」「皆人」といった人々には敬語はまったく用いられていない。という描き方で、敬意にしっかり差が設けられています。

助動詞の使われ方も面白い章段です。

聴覚推定の助動詞「なり」が三ヶ所に使われていてその特性が良く出ています。語注を読み返してみてください（聴覚推定の助動詞「なり」はよく、連体形にぶら下がる断定の助動詞「なり」との識別が問題になります。連体形が名詞相当で働くことが理解できていると識別に苦労することはなくなるはずです）。

鶏がうろうろしているところから平安時代の大内裏はそんなにお堅い官庁街でないことがこの章段で分かりますが、その鶏が「長女が童」が隠し置いていた鶏であったエピソード紹介のところでは、「隠し置きたりける」「追ひければ」と伝聞過去の助動詞「けり」が使われています。これでこの部分が清少納言があとで聞き知ったエピソードだったことが分かります。

また完了の助動詞「つ」は「ついさっきまで……だった」の意で使われることが頻繁にあります。「ねぶたかりつる目」がその良い用例になっています。

第九章

みそひともじはことえりのもと

――平安時代の和歌の読み方と、和歌の散文への影響について――

『古今和歌集』巻一春上　梅花十七首

古文の文章を読み解くための要点について述べてきました。これらの要点を身に付けられると古文の読解力は数段アップするはずです。加えて和歌の読み方を身に付けられると、さらに読解力はアップします。

敬遠されがちな和歌ですが、古文で和歌はとても大事なのです。

本章では有名な、そして日本文学史のうえで古典中の古典と言われる『古今和歌集』の歌に触れて当時の歌の詠みぶりを確認します。

『古今和歌集』は延喜五年（九〇五）に出来たと言われています。当時の人にとっての「古《むかし》」と「今《いま》」との良い歌の集大成であり、いろいろな人がいろいろな場面で詠んだ歌が集められ独自の編集方針によって並べられた名歌の詞華集《アンソロジー》です。その巻一春上に載る「梅の花」の歌十七首を読みたいと思います（歌は一首二首《いっしゅにしゅ》…と「首《しゅ》」で数えます。数え方を間違えないようにしてください）。

まず、最初の四首を読んでみましょう。三十一文字《みそひともじ》をなす五・七・五・七・七の歌のリズムを生かすつもりで声に出して読んでみてください。

題知らず　　　　詠《よ》み人知らず

32 折りつれば袖《そで》こそ匂《にほ》へ　梅《むめ》の花ありとや　ここに鶯《うぐひす》の鳴く

33 色よりも香《か》こそあはれと思ほゆれ　誰《た》が袖《そで》触れし宿《やど》の梅ぞも

34 宿近く梅の花植ゑじ　あぢきなく待つ人の香にあやまたれけり

35 梅の花立ち寄るばかりありしより　人の咎《とが》むる香にぞ染《し》みぬる

こういった歌集では和歌の前に、歌が詠まれた事情説明＝「詞書《ことばがき》」と、歌の詠者＝「詠み人《よびと》」とが記されます。32番歌の前の「題知らず」「読み人知らず」がそれです。前の歌と同じ詠作事情だったり同じ詠者だったりする場合は省略されて記されません。33番歌・34番歌・35番歌は32番歌と同じく「題知らず」「詠み人知らず」となります。「題知らず」は詠まれた事情が分からない、「詠み人知らず」は詠んだ人が分からない、の意です。（歌の上に付いている番号は歌番号です。『古今和歌集』全歌への通し番号で歌を識別するためのものです。明治期に行なわれるようになりました）。

34番歌「**植ゑじ**」は動詞「植う」に打消推量の助動詞「じ」です。推量の助動詞は自身の動作に付いているときには意志の意になるのが普通です。「**あぢきなく**」は「あぢきなし」の連用形。つまらない・不快だの意です。

現代語訳

題知らず　　　　　　　　詠み人知らず

32（梅の枝を）手折ったせいで（その香で）袖が匂っていることだ。梅の花があると思ってか、ここ（私の袖）で鶯が鳴いているよ。

33 色よりも香《か》こそがすばらしいと思われる。どんなお方の袖が触れた（その薫物の香が移った）この家の梅なのか。

34 家の近くに梅の花は植えないことにしよう（植えたのが失敗だった）。がっかりなことにお待ちしているあの方の薫香に間違えてしまった。

35 梅の花に立ち寄る程度に近づいただけだったときから、人（妻）が咎め立てする香（他の女からと疑われる香）が染みついたことだ。

『古今和歌集』ではよく配慮されて歌が並べられています。そのつもりで読むと、作品として面白く読めるようになります。この四首で確認していきます。

確認の前に二点。

歌を読み解くときは意味の切れ目に着目してください。第一首目32番歌では「袖こそ」と係助詞「こそ」がありますから結び「匂へ」でまず切れます。「梅の花ありとや」の疑問「や」は「梅の花ありと」に疑問の意を軽く添えています。三十一音を漠然と眺めるのではなく、まず五七五七七の音数で句に切り、そのあとで意味の切れ目を認識してまとまりを見つけ出してください。本書ではその切れ目に空白を入れました。空白でなく句読点を付けてみるやり方もいいかも知れません。

次に、『古今和歌集』の歌の多くはとても大げさです。理を押し進めた誇張を多く使います。そのつもりで読むと面白さが分かるようになります。また梅の花の歌は、視覚的な美しさより嗅覚的な美しさで賞《め》でることが多く、香を賞《め》でる歌が沢山あります。春に梅の花の香を匂うとその香りの素晴らしさが実感できます。香を賞《め》でるために大げさに表現したんだなあと思いながら読むと分かりやすいでしょう。

では四首を確認してみましょう。

32番歌。身近に梅の花がないのに鶯が来て鳴いている、変だなと思ったら自分の着物にさっき手折《たお》った梅の花の香が残っていたのだと言っています。手折った程度で花の香が袖に移るなんてあり得ません。誇張です。現実にあり得ないことを、理を詰めてあり得ることとして誇張して詠む。ここに『古今和歌集』の美学があります。誇張によって美しさが極端なものになり、それを通して人はその美しさを堪能するのです。

33番歌。梅の花は見た目の美しさより香がすばらしいとまず言い、次に誰の袖が触れた梅の花だろうと疑問が提示されます。前三句と後二句とはどういう筋道でつながるのでしょう。香は今度はどこからどこに移ったのでしょう。昔の人は着物に香をたきしめていました。伏した竹籠の中でお香をたき、着物を竹籠に覆い掛けてお香の香を染み付けます。その着物の袖が梅の花に触れたことで、着物にたきしめた香が梅の花に移った、その花の香が素晴らしいと詠んでいるのです。これもありえない事です。

お気付きでしょうか。32番歌・33番歌、どちらも香が或る所から別の所に移ります。その移動が32番歌では梅から袖に、33番歌では袖から梅に、となっています。この二首は意識して対で並べられているのです。対にされることで各歌の特色がより際立ちます。

34番歌。女の人の歌です。当時は男性が女性のところに夜になると通っていく「通い婚」ですから、夕方に女性は男性の訪れを心待ちにします（「通い婚」は「妻問婚《つまどいこん》」とも言われます）。その前提で読みましょう。今か今かとあの方の訪れを待っていたところ、あの方が着物にたきしめている香《こう》の香りがした、あの方が来てくださった、と喜んだのも束の間。建物の近くに植えていた梅の花の香だったのだ、がっかりだ、こんな勘違いはもうしたくないから建物近くに梅の花を植えることはもうすまい。ここにも誇張があります。待っている女性の恋の気持ちが詠まれた一首はここに置かれることで、梅の花の香を詠んだ歌となります。

35番歌。男性の歌と思われます。これも恋の気持ちに関係します。「あなた、この移り香は一体誰のものなの」と女性から咎《とが》められ嫉妬されます。浮気を疑われるのです。でもその香は女性からの移り香ではなく、ほんのちょっと近付いた梅の花からのものだったのです。これも誇張です。こう詠まれることで梅の花の香の強さ・素晴らしさが際立つという訳です。

34番歌・35番歌ともに恋に関わる梅の香の歌です。どちらも勘違いの歌です。34番歌では女性が詠み人で、恋人である男性の香と梅の花の香とを勘違いしてしまう。35番歌では男性が詠み人で、自身の着物の香と梅の香とを恋人である女性から勘違いされてしまう。二首はやはり対ですね。

32番歌と33番歌、34番歌と35番歌、対の二首が二組、「梅の花の香」に関わる歌が四首並んでいます。

『古今和歌集』ではこのように同じようなことを詠んだ歌が三首か四首で並んでいます。

残り十三首は

36・37・38番歌　「折る梅の花」

39・40・41番歌　「春の夜の梅の花」

42・43・44番歌　「時の流れのなかの梅の花」

45・46・47・48番歌「散る梅の花」
となります。そのつもりで読んでみてください。

梅の花を折りて詠《よ》める　東三条左大臣《とうさんでうのひだりのおほいまうちぎみ》

36 鶯《うぐひす》の笠《かさ》に縫《ぬ》ふてふ梅の花　折りてかざさむ　老い隠《かく》るやと

題知らず　素性《そせい》法師

37 よそにのみあはれとぞ見し　梅の花　飽《あ》かぬ色香《いろか》は折りてなりけり

梅の花を折りて人に贈りける　友則《とものり》

38 君ならで誰《たれ》にか見せむ　梅の花　色《いろ》をも香《か》をも知る人ぞ知る

くらぶ山にて詠《よ》める　貫之《つらゆき》

39 梅の花匂《にほ》ふ春べは　くらぶ山闇《やみ》に越《こ》ゆれど　しるくぞありける

月夜に「梅の花を折りて」と人の言ひければ、折るとて詠める　躬恒《みつね》

40
月夜にはそれとも見えず　梅の花　香《か》を尋《たづ》ねてぞ知るべかりける

春の夜　梅の花を詠《よ》める

41
春の夜の闇《やみ》はあやなし　梅の花　色《いろ》こそ見えね　香《か》やは隠《かく》るる

初瀬《はつせ》に詣《まう》づる毎《ごと》に宿りける人の家に久しく宿らで程経《ほどへ》て後《のち》に至《いた》れりければ、かの家の主《あるじ》「斯《か》く定《さだ》かになむ宿《やどり》はある」と言《い》ひ出だしてはべりければ、そこに立てりける梅の花を折りて詠《よ》める　貫之

42
人はいさ心も知らず　故里《ふるさと》は　花ぞ昔の香に匂《にほ》ひける

水の辺《ほとり》に梅の花咲《さ》けりけるを詠《よ》める　伊勢《いせ》

43
春ごとに流るる川を花と見て　折られぬ水に袖《そで》や濡《ぬ》れなむ

44
年を経《へ》て花の鏡となる水は　ちりかかるをや曇ると言ふらむ

家にありける梅の花の散りけるを詠《よ》める　貫之

45
暮《く》ると明《あ》くと目離《か》れぬものを　梅の花　いつの人間《ひとま》に移ろひぬらむ

寛平御時后宮歌合《くわんぴやうのおほむときのきさいのみやのうたあはせ》の歌　詠《よ》み人知らず

46
梅が香を袖に移して留《とど》めてば　春は過ぐとも形見ならまし

素性法師

47
散ると見てあるべきものを　梅の花　うたて匂《にほ》ひの袖に留《と》まれる

題知らず　詠《よ》み人知らず

48
散りぬとも香をだに残せ　梅の花　恋《こひ》しき時の思ひ出《いで》にせむ

36番歌「縫ふてふ」は「縫ふといふ」が約《つづ》まった形です。37番歌「飽《あ》かぬ」の「飽く」は満足する意です。今でも「豪華な食事を飽きるほど食べてみたい」と言いますね。それが打ち消されているのですから、どんなに……しても満足することがないの意になります。39番歌「しるく」は形容詞「しるし」の連用形です。「印を付ける」の「印《しるし》」は、この形容詞（はっきりしている・明らかだの意）がもとになってできた名詞です。41番歌は40番歌と同じく「躬恒」が詠み人です。41番歌「あやなし」は訳が分からない・道理が立たない・筋道が分からないという意です。42番歌「いさ」はすぐに返事が出来ないときに発する言葉です。ええと・さあてといった感じです。下に「知らず」が来ているときには、さあてどうだかといったニュアンスになります。45番歌「人間《ひとま》」は「ひとま」とルビがあるように人と人とのあいだのことです。つまり人が居ないとき。48番歌「だに」は副助詞と呼ばれているもので、意を添えるものです。「だに」はこれ以外にももっと他にあると暗示して言う気持ちを添えます。この歌の場合は、他にも何かがあれば良いのだがそれがないとするとせめて……だけでもの意。花がずっと咲いていてくれると良いのだが、そうでないとするとせめて香だけでもとなります。

現代語訳

梅の花を折って詠んだ歌　東三条左大臣《とうさんじょうのひだりのおおうちぎみ》

36 鶯が笠《かさ》に縫うと聞いている梅の花を（私も）折ってかざそう。老いた私のこの顔が隠れるかと。

題知らず　素性法師

37（木の上に咲いているのを）ただ遠くからこれまではいいなあと見ていた。梅の花。いくら賞でても賞で尽くせないその色と香は折って（我がものにして）からのことだった。

梅の花を折って（その枝とともに）人に贈った歌　友則

38 あなたでなくて誰に見せようか。梅の花。その色のすばらしさもその香のすばらしさも分かる人が分かる。

くらぶ山で詠《よ》んだ歌　貫之

39 梅の花が良い香を放つ春の頃、くらぶ山を「暗《くら》」闇に越えても、（梅の花があることが）はっきりと分かることだ。

月夜に「梅の花を折って（ください）」と人が言ったので、折って贈るときに詠んだ歌　躬恒

40 月夜には（白い月光のせいで）（白い梅の花が）それと見えない。梅の花 香を尋ねて（その咲き所が）知られるのだったよ。

春の夜に梅の花を詠《よ》んだ歌

41 春の夜の闇《やみ》は理に合わないなあ。梅の花。色は見えないにしても、香《か》が隠れたりするだろうか（どうせなら両方とも顕《あら》わにしてくれればいいのに）。

初瀬《はつせ》に参詣するたびに宿を取っていた人の家に長らく宿を取らないでしばらくしてから訪れたところ、その家の主人が「ちゃんとこの通りお宿はありますよ」と（家の中から）言って寄越しましたので、そこに立っていた梅の花を折って詠んだ歌　貫之

42 人はさあそのお心はどうでしょう。なじみの土地では、花が昔と同じ香で咲いています（花は変わらずなのですが）。

水の辺《ほとり》に梅の花が咲いていたのを詠《よ》んだ歌　伊勢

43 （水面に花が映っているせいで）流れる川を花と見間違えて、（折ろうとして）折ることのできない水で袖が毎年春には濡れてしまう。

44 幾歳月をも経て花の鏡となった水は、（鏡に塵《ちり》がかかるのを「曇る」と言うように）花びらが散《塵》りかかるのを「曇る」と言うのだろう。

家に植わっていた梅の花が散ったのを詠《よ》んだ歌　貫之

45 日が暮れるにつけ夜が明けるにつけずっと目を離さないで見守っていたのに。梅の花。いつ人が居ないあいだに散ってしまったのだろう。

寛平《かんぴょう》の御時《おおんとき》の后宮《きさいのみや》の歌合の歌　詠み人知らず

46　梅の香を袖に移して（そこに）留《とど》めおけたならば、春が過ぎ去ったにしても思い出の手がかりとなるだろう。

素性法師

47　散っているとばかり見ているだけで良かったのに（折り取って見たりして）。梅の花。困ったことにその香が袖に留まっている（香のせいで思い出さずにいられない）。

題知らず　詠み人知らず

48　散ってしまうにせよせめて香だけは残して置いておくれ。梅の花。（お前を）恋《こい》しく思った時には（その香を）思い出すよすがとしよう。

白い月の光りの中では白い梅の花がどこで咲いているのか分からない（40番歌）、川面に映っている梅の花の枝を手折ろうとして袖を濡らしてしまう（43番歌）。あり得ない極端な状況を詠むことで対象の美しさを詠もうとした歌です。

また、41番歌は、春の夜の闇という奴は理に合わない、咲いている梅の花を隠して見えなくしてもその香は隠せるだろうか、と春の夜の闇を擬人化して問いを発し、理屈をこねる歌です。大げさなところ・理屈をこねるところ、こうした『古今和歌集』の特質を面白がりながら数首並べられている所以《ゆえん》を読み解いていくのが楽しく読むコツです。

梅の花の歌群十七首の末尾の45番歌・46番歌・47番歌・48番歌が「散る梅の花」を詠んだ歌になっています。咲いている梅の花から移ろって散る梅の花へと意識して歌が並べられているのです。『古今和歌集』では時間の経過にしたがって歌が並べられています。このように時の流れにしたがって歌々が並べられているところを味わって読み進めていくのも『古今和歌集』の面白いところです。

『古今和歌集』は全二十巻。最初の十巻中、巻一から巻六までが四季の歌々で、春の部は立春の歌からはじまり、雪・うぐいす・若菜・柳・帰雁・梅・桜・藤・山吹・三月の晦日といった題材の歌が時間の推移に従ってつらなり、巻六の冬の部立に到るまで一年間の季節の移り変わりが絵巻物のように提示されています。明治に正岡子規が『古今和歌集』を全否定したことによって人々から等閑視されるに至るまで、日本人の季節感はこの六巻の四季の歌々によってずっと形成されてきました。

後半巻十一から巻二十までの十巻中、巻十一から巻十五までが恋の歌々です。まだ見ぬ恋から始まって交際が始まり恋が終わったあとまでの、恋の思いを詠んだ歌々がやはり時間の推移に従ってつらなり、恋の気持ちの移り変わりが描かれています。

古文でお目に掛かることの多い歌のありようを『古今和歌集』の歌を用いて確認してみました。まずは意味の切れ目を確認する。そして誇張や発想の面白さを楽しむつもりで読む、これが古文でお目に掛かる歌を読み解く秘訣だと思います。

和歌は敬遠されることが多いようです。でも古文で和歌はとても大事なのです。理由は二つあります。

一つは平安時代には和歌は意思伝達《コミュニケーション》の媒体として用いられていたということです。現代の日本で恋の気持ちを伝えたいときに和歌を作って贈る人はあまり居ないでしょうが、平安時代の貴族にあっては当たり前のことでした。気持ちを伝えるために歌が使われ、その詠みぶりで性格や教養が測られるため、『古今和歌集』の歌を暗誦するなどして日頃から歌を詠む鍛錬をしていたのです。そうした歌のやり取りを、歌の贈答と呼びます。次章で詳しく見たいと思います。歌で言葉が磨かれていた時代でした。そうした日常を反映して古文の作品には和歌がたくさん出てきます。『伊勢物語』（第四章）・『源氏物語』（第七章）にも和歌は出てきました。和歌が出てくるところを扱いはしませんでしたが『竹取物語』『枕草子』『宇治拾遺物語』にも和歌は出てきます。古文では散文と和歌とは切り離せない関係にあります。

もう一つは和歌が平仮名が生み出されるもととなり、平仮名で文章を綴るための基盤となったと考えられるからです。第二章でも見た通り、日本にはもともとは文字がなく中国大陸から漢字が入って来てはじめて文字というものに触れました。以来ずっと明治に至るまで行政に関わる公的な場面では漢文でものの読み書きをしていました。『万葉集』ののち九世紀前半に和歌は一度廃《すた》れますが、男女のあいだで恋の気持ちを書き送るのに使われながら細々と生き長らえます。この間に平仮名が生まれたと言われています。平仮名が生まれても散文を書き綴れるようになる訳ではありません。練習期間が必要です。この期間に生まれたのが九〇〇年前後に作られたと言われる『竹取物語』や『伊勢物語』です。『源氏物語』(一〇一〇年ころ成立)や『枕草子』(九九〇年代に成立)が和文作品の円熟期の作品だとすると、『竹取物語』や『伊勢物語』はよちよち歩きの時期の作品です。『竹取物語』には漢文訓読の雰囲気が濃厚に残っています。普段の話し言葉をそのまま文章に写しとるだけで文章が書けるように思ってしまいますが、それだけではありません。漢文訓読文・話し言葉、そして和歌が散文を綴るためのお手本だったようです。言選《ことえ》りのもとと言う訳です。やはり散文と和歌とは切り離せない関係なのです。

以上のようなことから、『古今和歌集』の歌は日常の洒落《しゃれ》た物言いに使われたりしていたようですし、『源氏物語』などでも多く引用されて使われています。

『源氏物語』には『古今和歌集』の歌を踏まえた箇所が二百三十四例ほどあると言われます。『源氏物語』中では一番多い引用の使用数です。

例えば、『源氏物語』第一部の末尾に位置する玉鬘《たまかづら》十帖と通称される巻々、ここでは四十歳を迎えようとする光源氏がその晩年を過ごすために建てた六条院というお屋敷を舞台に春夏秋冬の四季がめぐるさまがゆったりと描かれています。その中の「梅枝《むめがえ》」巻で、光源氏は屋敷に住む女性たちに薫物《たきもの》（白檀《びゃくだん》や丁子《ちょうじ》といった香料を練り合わせたものを、熱して香りを立たせます。混ぜ合わせ方によって香りが違ってきます）を作らせ、その香を競わせようとします。

その判者を弟兵部卿宮《ひょうぶきょうのみや》に依頼します。

「これ分かせたまへ。誰にか見せむ」と聞こえたまひて御火取り《ひと》ども召して試みさせたまふ。「知る人にもあらずや」と卑下《ひげ》したまへど、言ひ知らぬ匂ひどもの、進み遅れたる香一種《かうひとくさ》などが、いささかの咎《とが》を分きて強《あなが》ちに劣り優《まさ》りのけぢめを置きたまふ。

傍線部分は先程見た『古今和歌集』38番歌「君ならで誰《たれ》にか見せむ 梅の花 色をも香をも知る人ぞ知る」を踏まえたやり取りです。光源氏は歌の下の句の「(香を)知る人ぞ知る」のとおりでありますから「誰にか見せむ(あなた以外の誰に判定してもらえましょうか)」と、洒落た言い方で薫香の判定を弟兵部卿《ひょうぶきょうのみや》宮に依頼します。兵部卿宮は「私はその『知る人』では無いのでは」と謙遜して答えます。とはいうものの、このあときちんとわずかの差を嗅ぎ分けて判定を施したと描かれています。

第三部の「早蕨《さわらび》」巻では「夜になりて烈《はげ》しう吹き出づる風の気色まだ冬めきていと寒げに、大殿油《おほとなぶら》も消えつつ闇はあやなきたどたどしさなれど」と、41番歌「春の夜の闇《やみ》はあやなし 梅の花 色こそ見えね 香《か》やは隠《かく》るる」が、文飾(文章を着飾らせる)に使われています。別の作品世界が持ち込まれることによって作品世界が広がりを持ちます。

こうした文飾で有名なのが「須磨《すま》」巻の中の、「須磨にはいとど心尽くしの秋風に海は少し遠けれど、行平《ゆきひら》の中納言の「関吹き越ゆる」と言ひけむ浦波 夜々《よるよる》はげにいと近く聞こえてまたなくあはれなるものは斯《か》かる所の秋なりけり。御前《おまへ》にいと人少《ひとずく》なにてうち休み渡れるに、独《ひと》り目を覚まして枕を欹《そばだ》てて四方《よも》の嵐を聞きたまふに、波ただ此処《ここ》もとに立ち来る心地して涙落つとも覚えぬに枕浮くばかりになりにけり。」です。傍線部分が歌などの表現を下敷きにしています。

こんな具合ですから、『源氏物語』といった古文の作品を読むさいには、和歌、とくに『古今和歌集』の和歌を読み解く力があると、より深く読み味わえるように思われます。

古文でお目に掛かる和歌も読み慣れてくれば、とても面白いものです。その性質を少し心得て読み解いてみましょう。古文を読むのが楽しくなるはずです。

第十章

みそひともじはおもひをつたえることにも

――和歌の技法と贈答について――

『古今和歌集』「かきつばた」の歌と、『後撰和歌集』歌の贈答三組ほか

まず和歌の修辞技法を説明しましょう。

三十一音（五七五七七）の限られた音数で印象深く詠み出す、そのためのものです。掛詞《かけことば》・縁語《えんご》・序詞《じょことば》・枕詞《まくらことば》、これらの修辞技法は前章の「梅の花」の歌群の歌ではほとんど用いられていませんでしたが、古文の和歌ではよく用いられるため知っていると有益です。

『伊勢物語』第九段「東下り」でも読むことができる「かきつばた」の歌は『古今和歌集』巻九　羈旅歌《きりょか》にも載ります。この歌で見ていきましょう。

東《あづま》の方《かた》へ友とする人一人二人《ひとりふたり》誘《いざな》ひて行きけり。三河《みかは》の国八橋《やつはし》と言ふ所に至《いた》れりけるに、その河の辺《ほと》りに杜若《かきつばた》いとおもしろく咲けりけるを見て　木の陰《かげ》に降《お》り居《ゐ》て「かきつばた」といふ五文字《いつもじ》を句の頭《かしら》に据《す》ゑて旅《たび》の心を詠《よ》まむとて詠《よ》める

在原　業平　朝臣《ありはらのなりひらのあそむ》

410

唐衣《からころも》きつつなれにしつましあれば　はるばるきぬるたびをしぞおもふ

東国の方へ友とする人一人二人を誘《さそ》って行ったのだった。三河の国八橋というところに至った時に、その河の辺りに杜若《かきつばた》がとても美しく咲いていたのを見て　木の陰に（馬から）降りて座って「かきつばた」という五文字を各句の頭に置いて旅の心を詠もうということで詠んだ（歌）

在原業平朝臣

唐衣をずっと着つづけて衣がよれよれになってしまう、その「萎《な》れ」ではないが、「慣《な》れ」親しんだ妻が（旅立ってきた京の地に）居るので、（彼女に別れて）こうしてはるばると遠くまで来てしまった旅をしみじみと思うことだ。

歌が詠まれた事情説明である「詞書《ことばがき》」を見てみましょう。「**おもしろし**」は風景が素晴らしいときに使われる形容詞です。「**杜若《かきつばた》**」は、水辺で咲く紫色の、菖蒲《あやめ》を大きくしたような美し

い花です。『伊勢物語』第九段とは違って、どうして「東の方《あづまかた》」へ行こうとしたのか書かれていませんが、都で生まれ育った貴族にとって京のある畿内《きない》を出ることは大変な覚悟の要ることであったに違いなく、旅立ってきた京との距離感は大きなものであったはずです。

この歌は「旅の心」すなわち旅の心情を歌うのに、着物に関わる語で歌を仕立てています。平安時代の和歌で技法を凝《こ》らす歌はたいてい、人に関わることすなわち人事（「旅の心」）を、自然や物（「着物」）に託して歌います。それぞれの歌で「人事」は何なのか、「自然・物」は何なのかを立ち止まって落ち着いて考えるところから技法に気付くという筋道を辿るのがいいと思います。

掛詞《かけことば》　同音異義語あるいは同表記異義語を利用するのが「掛詞」です。音数が三十一音と限られているためでしょうか、よく使われます。本歌では、「**なれ**」には「萎《な》れ」と「慣《な》れ」とが、「**つま**」には「褄《つま》」と「妻《つま》」とが、「**はるばる**」には「張《は》る張《ば》る」と「遥々《はるばる》」とが、「**きぬる**」には「着《き》ぬる」と「来《き》ぬる」とが、といった具合です。縁語や序詞に関係することが多く、掛詞を利用して「自然・物」に関わる意味と「人事」に関わる意味とが並走することになります。

縁語《えんご》　意味の上で関連の深い語を多く用いて歌全体を彩《いろど》るものです。自然・物に関わって統一的な映像《イメージ》で歌が詠まれることになります。本歌の場合は「**唐衣**」をはじめとして、衣服に関連のある言葉が使われています。「着つつ」と「着ぬる」の「着《き》」そして「萎《な》れ」・「褄《つま》」・「張《は》る張《ば》る」です。掛詞を利用して縁語が歌に持ち込まれることが多くあります。

例歌を一首。

結び置きしかたみのこだに無かりせば　何に偲《しの》ぶの草を摘《つ》ままし

結んで作っておいた籠《かご》がなかったならば、何に忍ぶ草を摘んで入れましょうか。（お残しになった形見のお子さまがここから居なくなったならば、どうやって（この子たちのお母さまを）偲ぶことができましょうか）

——後撰和歌集一一八七番歌——

或る乳母《めのと》の歌です。育てていた子供たちの実母が死んだため、実母の親戚に引き取られることになった折、その親戚に贈った歌です。「**かたみのこ**」がキーワードです。掛詞が使われています。物・自然「筺《かたみ》の籠《こ》」と、人事「形見《かたみ》の子《こ》」と、です。「筺《かたみ》」も「籠《こ》」もカゴのことです。「筺《かたみ》の籠《こ》」を結んで草を摘み入れることが意味として走るため「**結び**」「**筺《かたみ》の籠《こ》**」「**草**」「**摘む**」で縁語仕立てになっています。掛詞ではありませんが、「**結び置き**」に産んで残したの意が、そして「**偲《しの》ぶの草**」に亡き人を偲ぶの意が感じ取られます。お残しになった形見のお子たち、その子たちまでもが私の手元から居なくなったならば何によってお亡くなりになったお母上をお偲び申し上げましょうか、と育てていた子供たちとの別れを悲しみつつ、歌を贈った相手に「この子たちの面倒をどうぞよろしくお願いします」と詠み送った歌です。

序詞《じょことば》　七音以上の句で掛詞や同音の反復などを利用して下の語句を導き出すものを序詞と呼んでいます。歌を詠もうとする際に各人がそれぞれ工夫を凝らして作り出す、一回限りの独創的なものを言います。本歌では「**唐衣きつつ**」までが序詞で「**なれ**」を導き出しています。「**唐衣**《からころも》**きつつ**」から「萎《な》れ」と着物を何度も着てよれよれになったことを導き出し、「慣れにし妻」と慣れ親しんだ妻に関係させて以下の語句を続けていきます。本来の言いたいこと（歌の本旨）は後ろの「**なれにしつましあれば　はるばるきぬるたびをしぞおもふ**」にあります。慣れ親しんだ妻が（京に）いるのではるばると遠くやって来た旅を（こんなにも遠くにまでやって来てしまったと）つくづくと思うことだ、となります。「**つまし**」の「**し**」も「**たびをしぞ**」の「**し**」もどちらも強意で、「**つま**」や「**たび**」が強められており、歌を読み味わうには大事です。

第四章の『伊勢物語』にも序詞を使った歌がありました。

風吹けば 沖つ白浪たつた山 夜半にや君が一人越《ひとりこ》ゆらむ

「白波」が「立つ」から「立田《たつ》山」が掛詞で導き出されています。前半「風吹けば 沖つ白波立つ」で「自然・物」が提示され、後半「立田《たつ》山 夜半にや君が一人越ゆらむ」に「人事」に関わる歌の本旨があります。

枕詞《まくらことば》　五音の定型句で下の語句を導き出すものを枕詞と呼んでいます（五音以下のこともあります）。本書では歌の「唐衣」を枕詞だと見なして紹介しましょう。中国風の美しい衣服「唐衣《からころも》」からそれに縁のある語「着《き》る」すなわち「き《着》つつ」を導き出していることになります。「たつ《裁っ》」とか「ひも《紐》」といった語が導き出されることもあります。『万葉集』の時代に愛用されていた「枕詞」は導き出す言葉に生命《いのち》を吹き込むと言われますが、『古今和歌集』以降は形骸化しました。歌を詠む人々の共有財産で、一回の使用ではなく、多くの人で繰り返し使うのが普通です。他に「あしひきの」（「やま《山》」「を《峰》」などを導き出す）・「ひさかたの」（「ひ《日》」「あめ《天》」「ひかり《光》」などを）・「ちはやぶる」（「かみ《神》」などを）「ぬばたまの」（「くろ《黒》」「よる《夜》」などを）など、沢山の枕詞があります。枕詞らしいものに出くわしたら辞書で引いて確認することができます。

掛詞《かけことば》・縁語《えんご》・序詞《じょことば》・枕詞《まくらことば》といった技法に富んだ歌の場合、「人事」に左傍線、といった風に傍線を引いて整頓して歌意を考えましょう。漢字を宛てて書き出すともっと分かりやすくなります。

唐衣 着つつ 萎れ 褄 張る張る 着
唐衣 きつつ なれにし つましあれば はるばる きぬるたびを しぞおもふ
慣れにし 妻 しあれば 遥々 来ぬる旅を しぞ思ふ

本歌にはまた「折句《おりく》」という技法も盛り込まれています。『かきつばた』という五文字《いつもじ》を句の頭《かしら》に据《す》へて」のことです。各句の頭の文字を順に拾い集めると、「か」「き」「つ」「は」「た」になります。濁音は表記上で清音と区別せず「は」と書きましたから「は」も「ば」も同じと理解して「かきつばた《杜若》」となります。

以上のように、本歌は技巧盛《も》り沢山《だくさん》の華麗な歌でありながら都に置いてきた妻を偲ぶ心情を見事に歌っています。都に置いてきた妻を思うとき、妻が世話をしてくれていた衣服を統一的映像《イメージ》として使うのはよく分かる心情です。

歌の詠み手は洒落《しゃれ》た言葉の言い回しができればよいので、ここで掛詞を用いよう、と技法を先行させて歌を詠もうとする訳ではありません。こうした技法の折出は後世からの後付けでしかありません。知っていることは大事ですが、読むときは技法を分類したり指摘することにこだわらない方がかえって歌の面白さを味わえることになります。例えば、前章で扱った梅の花の歌では、39番歌では「くらぶ山」が発想のもとになっています。「くら」から「暗し」を連想し、「暗闇」とつなげて「闇に越ゆれど」と詠むのです。44番歌では綺麗な水面に梅の花が映るので「鏡」を、そして花びらが「散り」落ちるところから「塵《ちり》」を思い浮かべ、「塵《ちり》」で「鏡」が「曇る」と連想の糸がつなげられて歌が出来ています。この二首で使われている言葉遊びは掛詞・序詞・枕詞といった技法では分類できません。まずは言葉遊びを見つけ出して楽しんで読み味わえるようになりましょう。

次に、和歌の贈答・やり取りについて学習しましょう。

言葉は不思議なもので、同一の語句や文であっても、使われる文脈で意味が違ってくることがあります。例えば『古今和歌集』37番歌、

よそにのみあはれとぞ見し　梅の花　飽《あ》かぬ色香《いろか》は折りてなりけり

歌集中では梅の花を詠んだ歌ですが、恋人と付き合いはじめた男性の歌として読んでみると、「梅の花」＝恋人の女性となり、一気に色っぽい歌に変化します。第八章で扱った『枕草子』の章段の「声　明王《めいわう》の眠《ねぶり》を驚かす」というフレーズは、もとをただせば都良香《みやこのよしか》という人物が詠んだ漢詩の一部です。授業で漢詩として学習すれば漢詩そのままでしょうが、うとうとし始めた一条天皇を目覚めさせる鶏鳴が聞こえてきたとき、朗詠されると、「いみじき折の言かな（とてもぴったりの言葉だな）」となります。

同じ歌でも場に応じて意味が違ったものになり得ます。どういう場面でどういう人がどういう気持ちを発露しようとして詠んだ歌かを理解することが歌の理解にはとても大事です。

第七章で読んだ『源氏物語』「若紫」の本文中に尼君とその女房とが歌を詠み合うところがありました。

尼君の歌、

生ひ立たむ在《あ》り処《か》も知らぬ若草を　後《おく》らす露ぞ消えむ空無き

女房の歌、

初草の生ひ行く末も知らぬ間《ま》に　いかでか露の消えむとすらむ

場面が無ければ、ただ「草」と「露」とを詠んだだけの歌になってしまいますが、ここは年齢の割に幼稚な女の子と老齢で病気がちとなり明日にも死にそうな尼君とが登場している場面です。「若草（初草）」＝女の子、「露」＝尼君、という喩《たと》えが生じてきます。「露」には、朝に葉の上に置きやがて太陽の光を受けて蒸発してなくなってしまう儚《はかな》い存在であることがその実態から含意されます。明日にも死ぬかもしれない尼君の命が、そうした「露」に重なります。母親に死に別れていて　この先どう生きて行くか分からない女の子の状態が「草」に重なります。背景から歌の「人事」に関わる意味が解きほぐせるようになるのです。

『後撰和歌集』から贈答歌の例を引いてみましょう。

西暦九〇五年に出来た『古今和歌集』には絢爛《けんらん》な出来の良い和歌が多く収められていますが、千百首中に十四組しか贈答歌を載せません。約五〇年後に出来た『後撰和歌集』は当時の貴族の等身大の日常詠を載せる第二勅撰集で、千四百首あまりの歌の中に百八十八組の贈答歌を載せ、出来の良い歌も出来の悪い歌も載っています。

物言《い》ひ交《か》はしはべりける人の　つれなくはべりければ、
その家の垣根の卯《う》の花を折りて言ひ入れてはべりける

詠み人知らず

151　恨めしき君が垣根の卯《う》の花は　うしと見つつもなほ頼むかな

返し

152　うきものと思ひ知りなば　卯の花の咲ける垣根も尋ねざらまし

勅撰集の詞書では「**はべり**」が使われます。勅撰集は天皇の命令「勅《ちょく》」によって編まれるものですから、その詞書は撰者たちが天皇に対して歌の詠まれた事情を申し述べる体裁になります。ですから、かしこまって物を述べる「丁寧（聞き手尊敬）」の「はべり」が使われるのです。「はべり」を外《はず》して普通の言い方にすると、詞書は「物言ひ交はしける人の　つれなかりければ、その家の垣根の卯の花を折りて言ひ入れたりける」となります。人の家の前を通り掛かった人が詠み入れた歌です。貴族女性は家に居て出歩かないのが普通の時代ですので男性の歌だということが分かります。「**つれなく**」されていた相手の女性の家を通りかかったとき、その家の卯の花を折って家の中の女性に言い送った歌です。「**つれなし**」は現代日本語では「冷たい・無情だ」の意ですが、古文では「心に思っていることを顔色に出さない」意が基本です。恋の気持ちがあるのか無いのか分からない感じで相手の女性から素っ気なくされているのが151番の歌の詠み手の男性です。

「若紫」巻での尼君と女房の歌では蒸発して無くなる儚《はかな》い存在である「露」の実態が踏まえられて歌が詠まれていました。しかし、平安時代の和歌では、実態とは無縁にただ言葉の上からだけでも言葉を用います、「くらぶ山」という名だから「暗《くら》い」山だというように。「**卯の花**」は確かに「垣根」に咲いてはいますが、この歌でも言葉遊びから使われて歌の眼目になっています。四句目「うしと見つつも」と関わり、自然物「卯《う》の花」の「う」の音《おん》から人間の心情に関わる「**うし**《憂》」が詠み込まれているのです。

男性の歌は「(恋の気持ちを言い送っても相手にしてくれず) 恨みに感じているあなたの家の垣根の卯の花をば (その名の通り)『憂《う》し』と見はいたしますが、やはりまだ頼みにされることですよ (ひょっとして以前のように私に色よい返事を下さるのではないかと)」となります。「憂し」は思うようにならなくてつらい気持ち・せつない気持ちを言います。下の句 (四・五句) は、上の句 (一・二・三句) に示された主題「卯の花」を上手く説明できておらず、主題と述部の関係がぎくしゃくしています。それでも一首を通して言いたいことは分かります。こんな風に文法的には上手く説明できないケースもあります。関連付けるとすれば、「こんな風にきれいに咲いている卯の花を見ると、ちょっとは色よい返事がもらえるのではないかと期待される」とでもなるでしょうか。

女性の歌には「**〜なば……まし**」と反実仮想（「現実に反して仮に想定して物を言う」言い方）が使われています。「あなた、ちゃんと自身を『憂きもの』と分かっているのだったら、（「憂きもの」の「う」を持っている）卯《う》の花が咲いている垣根を訪れたりしないでしょうに。」と突っぱねて歌を返します。「私があなたのことをもはや相手にしていないという『憂し』を（あなたが）自覚できているのだったら、ほのかな期待を抱いて私の所に来たりしないわよね。よく分かってないんじゃないの。」という感じでしょうか。

この贈答は単純な言葉遊びを用いた贈答です。返歌からは女性は完全に男性を突っぱねているると思えますが、返歌があるのはまだ脈があると見ておそらく男性はこれからもまだ一生懸命言い寄るのではないでしょうか。言い返す・切り返すのが恋の歌のやり取りとしては普通だからです。

そうした、切り返しの典型のような贈答を次に挙げます。

雨の降る日　人に遣《つか》はしける　　　詠み人知らず

973 雨降れど降らねど濡《ぬ》るる我が袖《そで》の　かかる思ひに乾《かは》かぬやなぞ

返し

974 露ばかり濡るらむ袖の乾かぬは　君が思ひの程《ほど》や少なき

雨が降っている実際のお天気に触発されたのが男性の贈歌です。雨で女性に会いに行けないのでしょう。「雨が降っても降らなくっても濡れている私の袖」と上の句で歌ってます。恋の歌には「袖」がよく出てきます。恋の思いに流す涙で「濡れる」もの「漬《ひ》つ」ものとしてです。この歌では雨が降っている今日は袖が濡れているのは当然としても、降っていない日でもあなたを恋しく思う涙の雨で常に濡れている袖、となります。「**かかる**」はこのようなの意で、「**かかる思ひ**」で自身の女性への熱烈な恋の思いを言っています。「**思ひ**」の「ひ」には「火《ひ》」が掛けられています。恋の歌では「思ひ」の「ひ」には「日《ひ》」「陽《ひ》」「火《ひ》」が掛けられるのが常套です。いつも濡れている私の袖があなたを恋い慕う「思ひ」という「火」で乾かないのは「**なぞ**」（なぜ？）というわけです。どんなに乾かそうとしても乾かないほど強くいつも思って袖を濡らしているのですよと女性に訴えています。

女性の答歌。「**露ばかり**」には「露で濡れた程度」の意と、副詞「つゆ」の「ほんの少し」の意と、二通りの意があります。「露でほんの少し申し訳程度に濡れているのであろう袖が乾かないのは」と、まず切り返します。言うほどでなくちょっぴり濡れているだけの袖なのに、と。で、大して濡れてもいない袖が乾かないのは「あなたの『思ひ』の『火』が燃える程度が少ないからでしょうか」と追い打ちをかけて切り返すのです。まだまだ気持ち不足。こんな風に切り返されては男性は形無しですね。

答歌では贈歌の言葉をいくつも利用して切り返すのが普通です。この答歌でも「**濡る**」「**袖**」「**おもひ**」「**乾く**」といった語が使われています。上手な切り返しですが、しっぺ返しを型通りにしているだけで、むしろ仲睦まじい感じがするやり取りです。言葉遊びでいちゃいちゃと自分たちの恋の気持ちを確かめ合っている感じです。恋の歌のやり取りは、こんな具合に言葉遊びで気持ちを確認し合うことが多いのです。

同じ『後撰和歌集』から、言葉遊びのやり取りをもう一組。ここでは常套のしっぺ返しがありませんが、返歌では巧みに言い訳をしています。

男の許《もと》に　雨降る夜　傘を遣《や》りて呼びけれど、来《こ》ざりければ

詠み人知らず

1029 さして来《こ》と思ひしものを　三笠《みかさ》山　かひなく雨の漏りにけるかな

返し

1030 もる目のみあまた見ゆれば　三笠《みかさ》山　知る知るいかがさしてゆくべき

雨が降っている夜、恋人である男性に通ってきてもらうため、使いの者に傘を持って行かせたのだけれど、男性は来てくれなかった、それで女性が詠んだ歌が1029番歌です。持って行かせたのが「傘」なので奈良にある「三笠《かさ》山」という山が言葉の上だけで使われています。実在の山はまるっきり関係しません。「さして来《こ》」には二通りの意味が響かせてあります。傘を「差す」と、女性のところを目指すの「指す」です。「来《こ》」は動詞「来《く》」の命令形です。「私のところを目指して傘を差してやって来てほしいと思っていたのに、『傘』は甲斐もなく（あなたは来てくださらなかった）、（傘から雨が漏るように）涙の雨が流れてその水滴で私は濡れたことです。」という歌です。「かひ」には山の縁で「峡《かひ》」が響きます。男性が来てくれなかった訳《わけ》を問いただすのではなく、「お出でがなくて悲しい」とだけ言っています。歌いぶりで性

格が分かるというのはこうした詠み方のことです。

男性の方は切り返さず、事情があって行けなかったと答えます。「**漏る目**《もめ》」を、「**守る目**《もめ》」に転換するのです。その「守る目」で歌を歌いなします。あなたをしっかりと監視している母親の目（「守る目」）が気になって、その事を「**知る知る**」（十分承知した上で）、どうやってあなたの所を目指して傘を差していくことができましょうか、と言います。共通する語「**さして**」「**みかさ山**」「**もる**」を使いながら、違う詠みぶりに転用しているのが面白い一首です。

こうした言葉遊びを使った歌のやり取りは男女の間柄だけでなく、男性貴族の間でも使われます。そして、次の歌では意外な言葉が掛詞として使用されます。

これかれ会ひて夜もすがら物語りして　翌朝《つとめて》送りはべりける　藤原興風《おきかぜ》

1134 **思ひには消ゆるものぞと知りながら　今朝《けさ》しもをきて何に来《き》つらむ**

古文でお目に掛かる「**物語り**」は、筋《ストーリー》があるお話しのことだけでなく、雑談の意であることが多くあります。複数の男性貴族が集って一晩中語り明かしたのでしょう。詞書は「この人やあの人と一緒に一晩中雑談をして翌朝に送りました歌」です。「『思ひ』の『陽《ひ》』で消えるものだ―別れの「思い」は消え入るほど辛い―とは知っていましたが、ほんとうに今朝《けさ》は起きて何で（自宅に）帰ってきたのだろうと思っているところですよ（みんなと雑談をして楽しかったのに、戻って来てさびしく感じています）」と言います。下の句にある掛詞を見抜かない形で現代語に直しましたから、上の句の「陽」が浮いてしまっています。「今朝しも」の「しも」は「し」「も」どちらも強意の助詞です。ここに掛詞があります。「霜《しも》」ですね。強意の助詞「し」「も」に「霜」が掛かる、こんなケースもあるのです。「おもひ」の「ひ」や「消ゆる」から導かれて気付くことになります。そして、「をきて」に「起きて」だけでなく「置きて」が掛かっています。「消ゆ」「霜」「置く」が縁語です。男女が会った翌朝に別れた辛さを詠むのを真似た歌です。

場面を踏まえたうえで言葉遊びによる気持ちのやり取りを楽しんで読み取ることが大切です。

こうした言葉遊びは散文の世界にも取り入れられていきます。江戸時代の井原西鶴や近松門左衛門などの作品ばかりでなく、たくさんの作品で使われています。有名なのは室町時代の『太平記』の中の道行き文と呼ばれるものです。その一部をお見せして本章を終えましょう。七五調の美文に、登場人物が辿る道中の地名が掛詞で盛り込まれています（掛詞がどのように使われているかについては解答編で確認してみてください）。

番場《ばんば》・醒井《さめがゐ》・柏原《かしはばら》・不破《ふは》の関屋は荒れ果てて、なほもるものは秋の雨の、いつか我《わ》がみのをはりなる、熱田《あつた》の八剣《やつるぎ》伏し拝み、潮干《しほひ》に今やなるみ潟《がた》、傾く月に道見えて、明けぬ暮れぬと行く道の、末はいづくととほたふみ、浜名の橋の夕潮に、引く人も無き捨て小舟《をぶね》、沈み果てぬる身にしあれば、誰か哀《あは》れとゆふぐれの、入相《いりあひ》鳴れば今はとて、池田の宿《しゆく》に着きたまふ。

第十一章

ふみよみはふみのなかで

――文章読解の基本は文脈――

『更級日記』「足柄山といふは四五日兼ねて」、『かげろふ日記』中巻安和二年閏五月より部分

本章では古語について、そして言葉の意味について説明します。

古文を学習する際、身に付けるべき古語の数はあまり多くありません。例えば大学受験で要求される英単語の数は最低でも二〜三千語、多く見積もって七〜八千語と言われています。古文ではその十分の一程度の二〜三百語、多く見積もっても五〜六百語程度の語彙数であると言われています。現代日本語と重複する語があるからですが、それを差し引いて考えても、多い数ではありません。古文で使われる語彙はあまり多くなく、語彙は少なくても言い表わしたい

ことは表現できるのです。

本文は『更級日記《さらしな》』からです。康平三年（一〇六〇）前後、作者五十三歳くらいの時に回想録として書かれたものです。十三歳の時それまで住んでいた上総《かずさ》（今の千葉県あたり）からの上京時の旅の様子を書き記した部分が冒頭にあります。その旅の、現在の箱根あたりを通り過ぎたときの様子が書かれているところを読みましょう。鬱蒼と繁った山中を通っていくときの恐怖心や夜の闇のなか松明《たいまつ》の明かりの中で現地の遊女《あそび》が歌う様子が描かれていて印象的です。声に出して読んでみましょう。

足柄山《あしがらやま》といふは　四五日《しごにち》兼ねて恐ろしげに暗がり渡れり。やうやう入り立つ麓《ふもと》の程だに空の景色はかばかしくも見えず　えも言はず繁《しげ》り渡りて　いと恐ろしげなり。麓《ふもと》に宿りたるに、月も無く暗き夜の闇に迷《まど》ふやうなるに、遊女三人《あそびみたり》　何処《いづく》よりともなく出で来たり。五十ばかりなる一人・二十ばかりなる・十四五なる　とあり。庵《いほ》の前に唐傘《からかさ》を差させて据《す》ゑたり。男《をのこ》ども火を灯《とも》して見れば、昔「こはた《はたち》」と言ひけむが孫と言ふ。髪いと長く額《ひたひ》いとよく掛かりて色白く汚《きたな》げなくて「さてもありぬべき下仕《しもづか》へなどにてもありぬべし」など人々あはれがるに、声すべて似るものなく空に澄《す》み上《のぼ》りてめでたく歌を歌《うた》ふ。人々いみ

じうあはれがりて 気近《けぢか》くて人々もて興《きよう》ずるに、「西国《にしぐに》の遊女《あそび》はえ斯《か》からじ」など言ふを聞きて「難波辺《なにはわた》りに比《くら》ぶれば」とめでたく歌ひたり。見る目のいと汚《きたな》げなきに 声さへ似るものなく歌ひて さばかり恐ろしげなる山中《やまなか》に立ちて行くを、人々飽《あ》かず思ひて皆泣くを、幼き心地《ここち》にはましてこの宿《やど》りを発《た》たむことさへ飽《あ》かず覚ゆ。

まだ暁《あかつき》より足柄《あしがら》を越ゆ。まいて山の中の恐ろしげなること言はむ方《かた》なし。雲は足の下に踏まる。山の半《なか》らばかりの 木の下の僅《わづ》かなるに 葵《あふひ》のただ三筋《みすぢ》ばかりあるを、「世離《よばな》れて斯《か》る山中《やまなか》にしも生《お》ひけむよ」と人々あはれがる。水は その山に三所《みところ》ぞ流れたる。

「**兼ねて**」は合わせての意です。「**渡れり**」の「**渡る**」は時間的空間的に広がっている状態を指す意を、動詞「**暗がる**」に添えます。「**やうやう**」は次第次第に・だんだんと、の意です。「**はかばかしく**」の「はかばかし」は現代語の「はかどる」「はかが行く」の「はか」を二回繰り返して形容詞としたもので、順調に物事が進行するときに使われます。ここでは「**はかばかしくも見えず**」ですから、すっきりとは見えない、の意となります。「**遊女**《あそび》」は宴席などで舞いを舞ったり歌を歌ったりして座興とし、人々の心を和ませることをする女性です。「**唐傘**《からかさ》」とは、かぶり笠ではなく、中国風の、柄のついた傘を言います。「**さてもありぬべき**」は「それでやっていけそうだ」の意。

「下仕《しもづか》へ」は下働きの下女のことです。

現代語訳

足柄山《あしがらやま》という所は（樹木のせいで昼間でも）四五日間ずっと恐ろしい感じで 辺り一面暗くなっている。だんだんと入り込んで行く麓《ふもと》のあたりでさえ空の様子ははっきりと見えず、言い表わせないくらいに（樹木が）一面に繁っていてとても恐ろしい感じである。

麓《ふもと》に宿を取ったところ、月も出ておらず暗い夜の闇に迷子になってしまうようなときに、遊女三人がどこからともなく姿を現わした。五十歳くらいのが一人・二十歳くらいの人・十四五歳の人とである。庵の前に柄のついた傘を広げさせて座らせた。男たちが火を灯して見ると、昔「こはた」とか言ったとかいう人の孫だと言う。髪はとても長く額髪が良い加減に掛かって色白で小綺麗で「それ相当な貴族の家の下女としてでも勤まるだろう」などと人々が感心していると、声はまったく似るものが無く空に澄んで上っていってすばらしく歌を歌った。人々がたいそう感動してそば近くに呼び寄せて興に乗っている時に、「西国の遊女でもこれ程ではないだろう」などと言うのを聞いて「難波あたりに比べると…」と見事に歌った。見た目がとても小綺麗な上に、声まで似るもののなく綺麗に歌い終えて こんなにも恐ろしそうな山の中に帰って行くのを、人々が残念に思って皆泣くのを、（私の）幼な心地にはましてこの宿りを出発することまでもが残念に思われた。

まだ暁の暗いうちから足柄山を越える。まして山の中の恐ろしそうなことは言い表わせない程だ。雲は足の下に踏むばかりである。山の中ほどの木の下のほんの僅かな土地に葵が三本生えているのを、「世間から離れてこんな山の中によりによって生えたこと」と人々がいとおしがる。水はその山に三筋流れていた。


上総介《かずさのすけ》であった父の任期が終わり、京に戻っていく途中の様子です。国司に相当する役職でしたから、たくさんの荷物をお付きの人に持たせ、隊列を組んで旅をしたものと見えます。陸路で東海道を上り、三ヶ月を要しています。四十年後に書き留めた回想のようですから、この時の体験はとても印象深かったのでしょう。

この箇所を、『文章読本』の中で谷崎潤一郎が扱っています。

谷崎は同じ語が何度も使われていることに着目していますから、谷崎が言及している各語にそれぞれ違う傍線を引いて今一度本文を書き出してみましょう。

足柄山《あしがらやま》といふは　四五日《しごにち》兼ねて恐ろしげに暗がり渡れり。やうやう入り立つ麓《ふもと》の程だに空の景色はかばかしくも見えず　えも言はず繁《しげ》り渡りて　いと恐ろしげなり。

麓《ふもと》に宿りたるに、月も無く暗き夜の闇に迷《まど》ふやうなるに、遊女三人《あそびみたり》　何処《いづく》よりともなく出で来たり。五十ばかりなる一人・二十《はたち》ばかりなる・十四五なる　とあり。庵《いほ》の前に唐傘《からかさ》を差させて据《す》ゑたり。男《をのこ》ども火を灯《とも》して見れば、昔「こはた」と言いけむが孫と言ふ。髪いと長く額《ひたひ》いとよく掛かりて色白く汚《きたな》げなくて「さてもありぬべき下仕《しもづか》へなどにてもありぬべし」など人々あはれがるに、声すべて似るものなく空に澄《す》み上《のぼ》りてめでたく歌を歌《うた》ふ。人々いみじうあはれがりて　気近《けぢか》くて人々もて興《きょう》ずるに、「西国《にしぐに》の遊《あそ》女はえ斯《か》からじ」など言ふを聞きて「難波《なには》辺《あた》りに比《くら》ぶれば」とめでたく歌ひたり。見る目のいと汚《きたな》げなきに、声さへ似るものなく歌ひて　さばかり恐ろしげなる山中《やまなか》に立ちて行くを、人々飽《あ》かず思ひて皆泣くを、幼き心地《ここち》にはましてこの宿《やど》りを発《た》たむことさへ飽《あ》かず覚ゆ。

まだ暁《あかつき》より足柄《あしがら》を越ゆ。まいて山の中の恐ろしげなること言はむ方《かた》なし。雲は足の下に踏まる。山の半《なか》らばかりの　木の下の僅《わづ》かなるに　葵《あふひ》のただ三筋《みすぢ》ばかりあるを、「世離《よばな》れて斯《か》かる山中《やまなか》にしも生《お》ひけむよ」と人々あはれがる。水は　その山に三所《みところ》ぞ流れたる。

谷崎は、傍線を引いた「恐ろしげ」「汚げなし」「あはれがる」「似るものなく」「めでたし」「飽かず」を挙げて、「同じ言葉が幾度も繰り返し使ってあります。」と書いています。

そして、

「これを見ても昔はどんなに言葉の数が少かったかと云うことが分るのでありますが、しかしその割に作者の云わんと欲することは大体明瞭に現わされています。」

と言い、

「こんな素朴な書き方でもほぼ用が足せるのでありまして、この時分の人は、『めでたし』とか、『おもしろし』とか、『をかし』とか云う簡単な形容詞をいろいろな意味に使い分けた。」

と述べています。

語彙が少なくても、その使い方により自分が述べようとすることをしっかり述べることは可能であると、この『更級日記』の文章を引き合いにして言っているのです。

「ことば」の意味とはどのようなものでしょう。

通常、「語を寄せ集めて文が作られ、文を寄せ集めて文章が形作られている」という風に考えているようです。一語には一意味があり、その寄せ集めな訳ですから、一文も一意味に定まりますし、一文章も一意味になるはずです。コンピュータのプログラム言語といったものは、この方式で出来上がっています。しかし、人間が用いる言葉の意味とはそんなに単純なものではないようです。

或る言語学者は次のように述べます、我々が脳の中に思い浮かべる思念や思考は未分化のもやもやとした訳の分からないものであり、それを言葉として文章化して述べるということは、言葉として分節化することである、と。分節化とは全体をいくつかの部分に分けることを言います。まだ形にならない思念や思考を、言葉として分節化して分け、外に吐き出すわけです。先程の「語を寄せ集めて文が作られ、文を寄せ集めて文章が形作られている」とは逆の考え方です。でもこちらの、思考を分節化するという考え方のほうが「ことば」の実態に合っているように思われます（ですから自分の言い表わしたいことを言葉で上手《うま》く表現できないといった事態も生じてくるわけです）。

谷崎はこの『更級日記』の文章について、

「ただ『おそろしげ』と云っただけでも、物凄く樹木の茂った山の姿が、想像されないでもない。『あはれがる』と云う一語のうちにも、三人の女を取り巻いて打ち興ずる男どもの様子が見え、彼等が旅の憂さを忘れて歌を褒めたり器量を賞でたりする話声が聞えるようにも感ぜられる。」

とも書いています。文脈の中で「おそろしげ」や「あわれがる」という語を理解しようとすると、このようになるのです。

第十章で、歌がどのような場で使われているかが大事だと書きました。同じことは語や語句についても言えます。どのような文脈で使われているか、その文脈にふさわしい意味を言葉から理解してやらなくてはならず、歌や語や語句は、その文脈にふさわしい意味を一回限り担《にな》ってそこに現れるのです。

言葉の意味は現実には使われた文章の中にしかありません。

辞書を作る人はたくさんの用例を集めて、そこから共通の意味を探り出し、その語を辞書に掲載しようとします。その折に、現実に使われた文章の文脈を考慮しながら、実際の使用に従って意味を大きく分類分けし、いくつかの項目に分けて載せてくれはします。

古語辞典で「時」という語を引いてみてください。たくさんの分類項目が出てきます。例えば、「①(一日の間を、適当に区切って、決めた)時刻。また、その名称。②(刻々に過ぎて行く)時間。③(何か事があり、または、あった)おり。また、時期。④治世。時代。⑤ある一時期。当時。⑥時勢。時の成りゆき。⑦(その人にとって)良い時期。⑧その場面。その場合。」

といった感じです。こんなに多意味では困ってしまいますが、基本となる意味さえ理解していれば、私たちは文章を理解するときにそんなに困るわけではありません。文脈に応じて可変であるからです。「時」は古文でも現代日本語でも基本となる意味はそれほど異なりません、「次の帝《みかど》亭子《ていじ》の帝と申しき。……賀茂《かも》の臨時祭《りんじのまつり》はじまる事　この御時《おほんとき》よりなり。」の「御時」が④で使われていることは、現代語の「時」の基本となる意味が理解されてさえいれば理解するのに辞書が無くても困らないはずです。

もう一つ文章を読んでみましょう。

『かげろふ日記』からのものです。作者藤原道綱母三十五歳・兼家四十一歳のころのことです。作者が病重く、夫である兼家に遺書を書き置こうと思うにいたる、その心の中の思いの部分です。兼家には第一夫人になりそうな時姫という妻がおり、作者のところへはときどき通って来るという文字通りの「通い婚」です。

斯《か》うしつつ死にもこそすれ。にはかにてはおぼしきことも言はれぬものにこそあンなれ。斯《か》くて果てなば　いと口惜《くちを》しかるべし。ある程《ほど》にだにあらば　思ひあらむに従ひても語らひつべきを。

こんなこと（良くならない病状の一進一退）を繰り返しているうちに死ぬことになるのは嫌だ。（死の訪れが）突然であっては、思っていることも言えないものであろうよ。このまま死んでしまったならば、ほんに残念に違いない。せめてあるうちにさえあるならば、思いが浮かぶにつれて、しっかりお話しすることもできるであろうに。

冒頭の「**斯《か》う**」は指示語「斯く」の音便化です。作者自身がいま置かれている状況を指しています。高僧を呼んで病気平癒を何度も祈願してもらっているのですが、病状はいっこうに良くならない、そのことを指しています。「**もこそ**」という言い方は、将来そうなると困るなぁといったニュアンスを込めてものを言う時に使われる言い方です。「もぞ」という言い方もあります。この「こそ」「ぞ」は係助詞です。「**にはかにては**」は死が突然に訪れることを言います。死が急であっては日ごろ思っていることもきちんと「**言はれぬもの**」であろうというのです。「**おぼしきこと**」は「おほほしきこと」から出た語で晴れない気持ちをいうようです。そしてこのまま死んでしまったならば、自分の思いの丈《たけ》をきちんと伝えられないままになってしまうので残念に違いないと言います。「**斯《か》くて果てなば　いと口惜しかるべし**」ですね。

こうして、夫に会って落ち着いて話しをすることができない可能性があるため、夫兼家への遺言を書き残すことにするのです。

「**ある程にだにあらば**」を直訳したのには理由があります。この言い方で何が言い表わしたいのでしょうか。何かが「ある」うちに何かが「ある」ならば、と書いてあります。それぞれの「何か」が省略されていると見る立場もあるかもしれません。しかし動詞「あり」だけで前後の文脈から言い表わしたいことは表現できると考えて、この言い方を書き手が用いているところだと理解されます。一方は「死にもこそすれ」とか「果てなば」といったことが述べられている文脈を受け、一方は「おぼしきことも言はれぬもの」「語らひつべきを」といった文脈、つまり会って夫兼家と親しく話しをすることが念頭に置かれた文脈を受けていると考えられます。で、前の「**ある程に**」は作者道綱母が「生きているうちに」となり、後ろの「**あらば**」は作者の家に夫兼家が「やって来るならば」となります。副助詞「**だに**」は現代語の「せめて…だけでも」「せめて…なりと」の意味で使われる語ですから、「せめて私が生きているうちに夫兼家が来てくれるなら」という意味になります。

文脈での意味のことは現代日本語でも英語でもどのような言語においても同様ですが、古文においては特によく理解したうえで文章を読み解くことが肝要と思われます。以上のことからすると、古語を理解しようとするときはその古語の基本的な意味を理解することが大事となります。どういうニュアンスで使われる語なのかをまず押さえましょう。第六章でも触れたとおり、古語辞典などでは助動詞「べし」も細かい意味の類別がなされていますが、それぞれの意味は文脈において異なってくるため、細かい意味の類別を覚えるよりは、むしろ「経験や道理から現状を判断すると、将来どうしてもそうなるだろう・そうあるのが当然だろうと推量する」という基本の意味を理解することの方が大切なのです。

第十二章

しゃれたものいい

――言葉の使いこなしが平安和文の基本――

『大和物語』一七三段「良岑《よしみね》の宗貞《むねさだ》の少将 ものへ行く道に」、『枕草子』「宮に初めて参りたるころ」より

最後に、やさしく読みごたえのあるお話しを読んでみましょう。

『大和物語』は十世紀半ばにできた歌物語集です。実在した人々の歌に関わるお話しが載せられています。その末尾にある章段の一つで、創作された章段ではないかとも言われている、よく出来た章段を読んでみましょう。和歌（言葉）が状況を一変させる、その面白さがあります。そして、古文を読み解くには当時の風俗習慣などの知識もいくらかは必要となってくることが分かります。文法や古語が分かることに加えて、古文の背景となっている事柄が分かると

古文を読むのが一層楽しくなります。
良岑《よしみね》の宗貞《むねさだ》という人物が主人公です。或るとき場末《ばすえ》で雨に降られ、荒れてはいるけれど立派な屋敷で雨宿りをします。そして、その屋敷の娘と言葉を交わし、親しい間柄になります。その翌朝、娘の母親は宗貞に出す朝食に困り、どうにかしてとりつくろおうとするのです……。

良岑《よしみね》の宗貞《むねさだ》の少将《せうしやう》 ものへ行く道に五条辺《わた》りにて雨いたう降りければ 荒れたる門《かど》に立ち隠れて見入るれば、五間《けん》ばかりなる檜皮屋《ひはだや》の下《しも》に土屋倉《つちやぐら》などあれど 殊《こと》に人なども見えず。歩《あゆ》み入りて見れば、階《はし》の間《ま》に梅《むめ》いとをかしう咲きたり。鶯《うぐひす》も鳴く。人ありとも見えぬ御簾《みす》の内《うち》より、薄色《うすいろ》の衣《きぬ》・濃き衣 上に着て 丈《たけ》だちいとよきほどなる人の 髪丈《たけ》ばかりならむと見ゆるが

　蓬生《よもぎお》ひて荒れたる宿《やど》を 鶯《うぐひす》のひとくと鳴くや 誰《たれ》とか待たむ

と独《ひと》りごつ。少将

　来《き》たれども言ひし馴《な》れねば 鶯《うぐひす》の 君に告げよと教へてぞ鳴く

と声をかしくて言へば、女《をんな》 驚きて 〈人もなしと思ひつるに物しきさまを見えぬること〉と思ひて物も言はずなりぬ。
男《をとこ》 縁《えん》に上《のぼ》りて居《ゐ》ぬ。「などか物宣《のたま》はぬ。雨のわりなく侍《はべ》りつれば、止《や》むまでは斯《か》くてなむ」

と言へば、「大路《おほぢ》よりは漏《も》りまさりてなむ。ここはなかなか」と答《いら》へけり。時は正月《むつき》十日のほどなりけり。簾《す》の内《うち》より茵《しとね》差し出でたり。引き寄せて居《ゐ》ぬ。簾垂《すだれ》も縁《へり》は蝙蝠《かはほり》に食《く》はれて所々《ところどころ》なし。内《うち》の設《しつら》ひ 見入るれば、昔覚えて畳《たたみ》など良かりけれど 口惜《くちを》しくなりにけり。日もやうやう暮れぬれば、やをら滑《すべ》り入りて この人を奥にも入れず。女〈くやし〉と思へど 制《せい》すべきやうもなくて言ふ甲斐《かひ》なし。

雨は夜一夜《よひとよ》降り明かして 又の早朝《つとめて》ぞ少し空晴れたる。男は女の入らむとするを「ただ斯《か》くて」とて入れず。

日も高《たか》うなれば この女の親 少将に饗《あるじ》すべき方《かた》の無かりければ、小舎人童《こどねりわらは》ばかり留《とど》めたりけるに 堅《かた》い塩《しほ》 肴《さかな》にして 酒を飲ませて、少将には 広き庭に生《お》ひたる菜を摘みて蒸物《むしもの》といふものにして長椀《ちやうわん》に盛りて 箸《はし》には梅の花盛《はなざか》りなるを折りて その花びらにいとをかしげなる女の手にて書けり。

君がため衣《ころも》の裾《すそ》を濡《ぬ》らしつつ春の野に出《い》でて摘める若菜ぞ

男 これを見るに いとあはれに覚えて引き寄せて食《く》ふ。女〈わりなうはづかし〉と思ひて臥《ふ》したり。

少将 起きて小舎人童《こどねりわらは》を走らせて すなはち車にて実直《まめ》なる物さまざまに持て来たり。迎へに人あれば「今またも参《まゐ》り来《こ》む」とて出《い》でぬ。それよりのち絶えず自《みづか》らも訪《とぶら》ひけり。〈万《よろづ》の物食《く》へども なほ五条にてありし物はめづらしうめでたかりき〉と思ひ出でけり。

「良岑《よしみね》の宗貞《むねさだ》」は百人一首「天つ風 雲の通ひ路吹き閉ぢよ 乙女の姿しばしとどめむ」で有名な僧正遍昭の出家前の名前です。『大和物語』百六十八段にその出家をめぐるお話しが載っています。少将だったのは八四六年から八五〇年です。三十歳を過ぎたころのお話しになります。平安京を東西に走る大通りを北から順に一条大路・二条大路と呼び、九条大路まであります。当時平安京は西側の右京は低湿地帯で人は住まず東側の左京にしか人家がありませんでした。右京が舞台だと「西の京」とわざわざ書き記します。「五条辺《わた》り」で、お話しの舞台となる場所が読者にほぼはっきりと分かる訳です。大内裏に出仕する貴族たちは勤務先である大内裏になるべく近い所に自宅を構えたがりましたから五条辺りでは少し場末ということになります。「五間《けん》」は長さの単位ではありません。柱と柱の間を「間」と言うだけです。とりあえず「間」≒3メートル見当でイメージしてください。この建物は大きくて立派だというのです。「檜皮屋《ひはだや》」は檜《ひのき》の皮で葺《ふ》いた屋根のことです。やはり高級な造りです。「ひとく」は鶯の声「ピーチク」の聞きなし、それを「人来《ひとく》」と掛詞にしています。「**物しきさま**」の、形容詞「物し」は嫌だ・不愉快だ、の意です。「**わりなく**」の「わりなし」は、もともと理屈に合わない様子を言いますが、連用形「わりなく」の形でひどい状態を副詞的に言うときに使われます。ここでは、雨が降る様子がひどいことを言っています。「**なかなか**」は漢字を当てると「中中」ですが、部屋の中へ、ではありません。「なかなかなり」という形容動詞です。中途半端だと予想と反対のよくない結果になるため、むしろそうでなく他の方がよかったのに、のニュアンス。現代語の、なまじっか、かえって、に近い意味です。「**やをら**」はそーっと、の意です。「**饗《あるじ》す**」は（主人としてお客さんを）もてなす、の意です。「**小舎人童《こどねりわらは》**」は第三章にも出て来ました。少将や中将の召使いの少年のことです。

現代語訳

良岑《よしみね》の宗貞《むねさだ》の少将《しょうしょう》が或《あ》る所に行く途中で五条辺りで雨がたいそう降ったので（或る屋敷の）荒れた門に立って雨宿りをして屋敷の中を覗き込むと、五柱間《ま》ほどの檜皮葺きの屋敷のうしろに土蔵などが建っているが、とくに人の姿も見当たらない。歩いて入って行って見ると、階段のある間の近くに梅がとても綺麗に咲いている。鶯も鳴いている。人が居るとも見えない御簾の内から薄紫の衣

を着 濃い紅の衣をその上に着て背丈が程よい感じの人で髪が背丈くらいであろうと見える人が、

蓬が生えて荒れ果てた宿なのに 鶯がピーチク（人来《ひとく》）と鳴いている、一体誰がいらっしゃる

と思ってお待ちしましょうか。

と独り言で言う。少将が、

ここにこうしてやって来たのですが言い馴れていないので、鶯が「（やって来たことを）あなたに告げなさい」と私に教えて鳴いてくれているのです。

と良い声で言ったので、女はびっくりして〈人はいないと思っていたのに見られたくない様子を見られてしまったこと〉と思ってだまり込んでしまった。

男（少将）は縁側に上ってそこに座った。「どうして物をおっしゃらないのか。雨がひどく降りますので、この雨が止むまではこうして（雨宿りをさせてください）」と言うと、（女は）「屋敷の前の道より雨が漏り勝ることで。ここでは却《かえ》って（濡れてしまうでしょうに）」と答えたのだった。時は正月十日のころであった。（女は）御簾《みす》の中から敷物を差し出した。（男は）引き寄せてそれに座った。簾垂《すだれ》も縁は蝙蝠《こうもり》に食われて所どころがない。部屋の中の調度の類も覗き込むと、作られた当時が思われて畳なども良い品物だったのだが、残念な様子になっていた。

日も次第に暮れたので、（男は）そーっと部屋の中に滑り入ってこの人（女性）を建物の奥にも逃げ込ませなかった。女は〈こんなはずでは〉と思うが制止できるはずもなくどうしようもない。

雨は一晩中降り続け、夜が明けて翌朝、少し空は晴れた。男は女が部屋の奥に入ろうとするのを「ただこのままで」と入れない。

日も高く昇ったので、この女の母親は少将にまともな食事をお出しする事ができないので、お付きの小舎人童《こどねりわらわ》を一人手元に残し置いていたのには固い塩をつまみにして酒を飲まして、少将には広い庭に生えていた菜を摘んで蒸し物というものにして長い椀に盛り、箸には梅の満開の枝を折ってその花びらにとても綺麗な女の筆跡で書いた。

あなたのために私が衣の裾を濡らし濡らしして（苦労して）春の野に出て摘んだ若菜ですよ。

男はこの歌を見るととても感動してその菜を引き寄せて食べた。女は〈ひどく恥ずかしい〉と思って横になったままだった。

少将は起き出して小舎人童を（自宅まで）走らせてすぐに車で生活の足しになるものをいろいろと持って来たのだった。（少将は）迎えに人々がやって来たので、「またそのうちにやって来ます」と言って帰って行った。

それ以来ずっと自身でも訪れたのだった。〈これまでさまざまな物を食してきたが、やはり五条で食べたあの菜はすばらしかった〉と思い出すのだった。

どういうお話しなのか、もう少し説明しましょう。

「良岑の宗貞《よしみねむねさだ》」は和歌の詠み手で有名です。そして自分が仕えていた仁明《にんめい》天皇がお亡くなりになるとそれを機に出家した人物です。心根がよく真面目な人物という印象があります。このお話しはそうした宗貞のイメージを使っていると思われます。

或る時どこかへ行こうとして場末の五条で雨に降りこめられ、仕方なく或る屋敷の門で雨宿りをします。覗き込んで見えた中の建物が思いがけず立派でした。「五間《けん》」「檜皮屋《ひはだや》」です。それに「土屋倉《つちやぐら》」も建っているのですから。しかし「荒れたる門《かど》」ともありましたし「殊《こと》に人などとも見えず」とありますから、立派な屋敷ではあるけれど今は荒廃していることが印象づけられます。

梅が咲き、鶯が鳴いて、春の気配が濃厚です。『古今和歌集』のところでも学習しましたが、古文では季節感がとても大事です。季節感は必ず押さえて読み進めましょう。

建物の中に女性の姿が見え、どうも美人だと思えます。「髪丈《たけ》ばかりならむと見ゆる」とあるからです。平安時代の美人の要件は長い黒髪、でしたね。たまたま雨宿りをした屋敷で美しい女性に出会うとはいかにも物語的です。それもかつては良い暮らしをしており、今は零落《おちぶ》れた薄幸の女性です。

ここでこの女性が口ずさんだ歌が宗貞に隙《すき》を見せてしまうことになります。上手な設定です。「鶯は『人来《ひとく》』と鳴いているけれど、こんな荒れた宿だもの、誰も訪れてはくれないわ」と、誰かの訪れを心待ちにしているその本心をつい口ずさんでしまったのです。

宗貞は女が詠んだ「鶯《うぐひす》」の鳴き声のフレーズを上手く使って自分がここにいることをアピールします。女はびっくりしてしまって黙りこくってしまいます。

そのあと宗貞と女は少し言葉を交わします。宗貞は雨宿りをしたいと申し出るのですが、この家よほど荒廃していると見え、女は「**大路《おほぢ》よりは漏りまさりてなむ**」と答えています。檜皮の屋根はボロボロになっていて雨漏りがするほどなのでしょう。

ここで一つ大事な伏線が示されます。「**時は正月《むつき》十日のほどなりけり**」です。梅が咲き、鶯が鳴いているのですから初春であることは分かっていますが、十日という設定が後で効いてきます。

部屋の中にある調度品の類も往時を偲ばせて立派なものばかりです。もとは立派な貴族の屋敷と思えますが、今は屋敷の主人つまり女の父親が亡くなって零落したものと推測できます。当時は「通い婚」ではあるものの、結婚した男女の多くは同居し、夫が持ってくる給料《サラリー》で生活していくことが多かったので、夫が死ぬとその家は零落することが多いのです。

「**日もやうやう暮れぬれば**」のあとは宗貞が女のいる所に入り込み、二人が男女の関係になったことを暗示しています。じつは呼称から男女のお話しであることがこの前から示されていました。前の段落の冒頭で「**男**《をとこ》**縁**《えん》**に上**《のぼ》**りて居**《ゐ》**ぬ**」と書いてあり、このあと宗貞は「**日も高**《たか》**う**」なるまで「**男**《をとこ》」と呼ばれ、対する女性の側は「**女**《をんな》」と呼ばれます。物語では『源氏物語』などでも恋の場面になると、登場人物たちは「男」「女」と呼ばれるのです。

夜が明け雨が上がり「**少し空晴れ**」ます。女は部屋の奥に逃げ込もうとします。陽が差してきたので自分の顔が男に見られるのを嫌がったのです。貴族女性は血のつながる男性以外にはめったなことで顔を見せませんでした。これは平安時代の古文を読んでいるときによく意識しておくべき、当時の貴族女性の身だしなみです。中近東のような宗教的習慣ではありませんが、当時の貴族女性が常に気遣っていた身だしなみです。

ここからがこのお話しの中心部分です。宗貞が場末で薄幸の美女と出会うのは前置きなのです。

女の母親が登場します。零落《おちぶ》れているため少将に出す食事がありません。母親は窮余の策に出ます。小舎人童《こどねりわらわ》には酒を出して急場をしのぎ、宗貞には庭に生えていた菜を摘んで蒸し物にして出したのです。ただの菜の蒸し物を。

箸が優雅です。梅の花盛りの枝を箸とし、その花びらに綺麗な筆跡で歌が書かれています。梅の花びらに墨で文字を書けるかどうか、この花は造花ではないかと言う人もいます。しかし、貧乏な家で造花がとっさに用意できたかも疑問ですし、雅《みや》びな雰囲気が薄れないよう本文どおり花びらに歌が書き付けられていたと理解してはどうでしょう。

伏線「**時は正月十日**《むつき》」がこの食事に対して効いてきます。当時正月七日に宮中では若菜摘みという行事が行われていました。邪気を払い、万病を除くという七種の野草を摘んで食する行事です。芽生《めば》えたばかりの生命力のある野草を食することでその生命力を身に付着させるための食事です。いまの七草粥のもとです。日が少しずれていても若菜摘みの若菜と見なすことに支障は生じません。

歌が、ただ庭に生えていただけの菜を、若菜摘みの若菜に変貌させるのです。歌は平凡なものです。『古今和歌集』にも『百人一首』にも載る、光孝天皇の「君がため春の野に出でて若菜摘む 我が衣手に雪は降りつつ」を思い出した人も多いでしょう。この歌を元歌として作られた歌と見えます。箸の工夫と「**いとをかしげなる女の手**」とがかつて身分ある貴族の妻としての教養と身嗜《みだしな》みを感じさせ、歌によって雑草が若菜に変貌したことに宗貞は感服したのです。この家の実情を分かったうえで、教養に裏打ちされた女の母親のとっさの対応に感服したのだと思います。それが末尾の「**万《よろづ》の物食《く》へども なほ五条にてありし物はめづらしうめでたかりき**（さまざまな物を食べてきたが、やはり五条で食べた物はすばらしかった）」につながります。

「女」のほうはこの教養にあふれたやり取りの蚊帳《かや》の外です。「**女〈わりなうはづかしひて臥したり。**」ですから。

宗貞は自宅から生活必需品の数々を運ばせます。この後この家は宗貞が世話をして貧窮から脱したと推測されます。

歌によって状況が一変するお話しはたくさんあります。「歌徳説話」と呼ばれています。歌によって幸福を手に入れるお話し、という意味です。和歌はそれだけで洒落《しゃれ》た物言いなのは分かっていただけるだろうと思いますが、なんということのない和歌でも使われる場所では大変な力を持つのだということを分かるのにはよく出来たお話しだと思います。

もう一例、『枕草子』「宮に初めて参りし頃」の章段の部分を紹介しましょう。

『枕草子』はこうした洒落た物言いの集大成と見ることが出来るほどに、言葉の見事な使いこなしが扱われるお話しで満載です。

清少納言が中宮定子のところに女房として出仕しはじめたころのお話しです。正暦四年（九九三）十二月のお話しで、第八章のお話しの前年のことです。清少納言二十八歳、中宮定子十七歳のときです。下仕えの女房となる人物が勤務先に出仕し始めるのは年の終わりです。明治期に四月を始まりとする「年度」という慣習が出来るまで、前年の暮れに新年に向けてのさまざまな準備がなされていました。

清少納言は顔を人に見られるのを嫌って、明るい昼間を避け、夜だけ中宮定子の前に出て行きます。先ほどの『大和物語』のお話しの女性と同じく、貴族女性として人前に顔をさらすのを嫌うのです。夜に中宮定子のところに出て行って清少納言はびっくりすることだらけです。「斯《か》かる人こそは世におはしましけれ」と中宮定子の美しいことにびっくりします。贅《ぜい》を尽くして火を灯《とも》して夜でもたいそう明るいことにもびっくりします。それでも、昼間に顔をさらすよりはましとばかりに清少納言は夜だけ中宮定子のところに行き、昼は自室に籠るという変てこな女房生活を繰り返していたようです。女房として出仕したことを悔やんでいたのでしょう。そんな或る日、清少納言の気持ちを揺るがす一出来事が起きます。雪が降っていて昼でも暗いとき初めて昼間に中宮定子の御前《おまえ》に居たとき、定子の兄伊周《これちか》が中宮定子のところにやって来ます。

御直衣《なほし》・指貫《さしぬき》の紫の色　雪に映《は》えていみじうをかし。柱基《はしらもと》に居《ゐ》たまひて「昨日・今日物忌《ものいみ》に侍《はべ》りつれど、雪のいたく降りはべりつれば　覚束《おぼつか》なさになむ」と申したまふ。「『道もなし』と思ひつるに、いかで」とぞ御答《いら》へある。うち笑ひたまひて『あはれ』ともや御覧《ごらん》ずるとて」など宣《のたま》ふ御有様ども〈これより何事かは勝《まさ》らむ。物語にいみじう口に任せて言ひたるに違《たが》はざンめり〉と覚ゆ。

まず若く立派な貴公子の様子が印象深く描かれます。伊周《これちか》は二十歳です。「直衣《なほし》」「指貫《さしぬき》」の着物姿が白い雪に映えてすばらしいと言います。「直衣《なほし》」は上着で平服です。「指貫《さしぬき》」は袴の一種です。やって来た伊周は「物忌でしたが、雪がひどく降ったので気掛かりで（こうして中宮定子の様子を見に、宮中へ参内した）」と申し上げなさいます。「物忌《ものいみ》」とは暦で占って通常の日常生活をするとよくないことがあるというとき、さまざまな行動を慎んで家に籠ることを言います。重い物忌もありますが、軽い物忌だったので無理をして雪のお見舞いに来たというのでしょう。

それに中宮定子が『「道もなし』と思ひつるに、いかで」と応じます。「山里は雪降り積みて道も無し　今日《けふ》来む人をあはれとは見む（私が住んでいる）山里は雪が降り積もって道もない。

（この雪を物ともしないで）今日訪ねて来るであろう人をこそ嬉しいお客と見よう）」、『拾遺和歌集』平兼盛《たいらのかねもり》の歌によった表現です。雪の今日にぴったりの歌です。この歌の三句目「道もなし」を手掛かりにして兼盛の歌一首全体を想起し、巧みに返答をすることが求められているのですが、兄伊周《これちか》はいとも簡単にこなします。第五句目の中の言葉を使って妹のしゃれた会話の意図にぴったりと寄り添って答えます、「『あはれ』とも御覧いただけるかと存じまして」。

この素晴らしい、兄と妹の言葉のやり取りを見て清少納言は驚きます。「これほど素晴らしいことがあるだろうか。物語の中で登場人物たちに歌を下敷きにしたやり取りをいとも簡単にさせているのにそっくりだ」と。物語作品では作者が周到に準備して、登場人物に歌を下敷きにした洒落たやり取りをさせてみせます（時代は下りますが、第九章末尾で紹介した、光源氏と兵部卿宮のやり取りがこれに該当します）。それと同じことが目の前であっさりとなされているのを見て、清少納言は感嘆するのです。出仕したことを悔やんで人前に出ることを嫌っていた清少納言は、こうした洗練された社交がなされる場でなら、自分を生かせるかも知れないと思ったのではないでしょうか。このあと女房としての資格試験めいた伊周《これちか》からの質問があったのを無事に通過したのでしょう、清少納言は中宮定子付きの女房としての生活を、定子への敬意を抱きながら自信を持って始めることになります。

こうした言葉の使いこなし・洒落た物言いが生きていた時代でした。言葉に対する細《こま》やかな感性を持った昔の人々によって書かれた作品をその時代の生活背景を理解しながら読み味わってみてください。

長らく付き合っていただきましたが、本書はこれで終わりです。基礎となる大事なことをやさしく説明してきたつもりですが、いかがだったでしょう。古文は現代日本語の根っことなるもので、まずは音読して読み慣れていくと面白い文章が沢山あることに気づきます。本書をもとに古文を楽しく読めるようになってくださると嬉しいかぎりです。

参考文献

全章を通して
佐伯梅友『明解古典文法』三省堂 一九六九
（森野宗明・小松英雄・北原保雄編『佐伯文法―形成過程とその特質―』三省堂 一九八〇に所収）
森野宗明『実戦古文水準表』日本英語教育協会 一九七四
佐伯梅友ほか『例解古語辞典 第三版』三省堂 一九九二

第一章 ふみよみは「こゑ」にだそう
馬渕和夫「古典読み」『古典の窓』大修館書店 一九九六
築島裕『歴史的仮名遣い』中公新書 一九八六
林史典編『朝倉日本語講座2 文字・書記』朝倉書店 二〇〇五

第二章 ワブンは「やまとことば」でできている
小松英雄『日本語書記史原論』笠間書院 一九九八
河野六郎『文字論』三省堂一九九四
中勘助『銀の匙』『中勘助全集第一巻』岩波書店 一九六〇
神西清「散文の運命」『神西清全集6』文治堂書店 一九八七
谷崎潤一郎『文章読本』中央公論社 一九三四

第三章 とにかくながーい一文
福島直恭『書記言語としての「日本語」の誕生』笠間書院 二〇〇八
南不二男『現代日本語文法の輪郭』大修館書店 一九九三
近藤泰弘『日本語記述文法の理論』ひつじ書房 二〇〇〇
『高等学校国語総合』（国総326）第一学習社 二〇一三

第四章 ひとにものをたずねる、ものをめいずる
中村幸弘・碁石雅利『古典文の構造』右文書院 一九九四

第五章 うしろにどのようにつながるか
阪倉篤義「日本語の活用―動詞の活用を中心に―」『講座現代国語学II』筑摩書房 一九五七
佐伯梅友・鈴木康之監修『古典基礎文法』三省堂 一九八三
馬渕和夫『上代のことば』至文堂 一九七〇
川端善明『活用の研究』清文堂 一九九七

第六章 ぶらさがるにもきまりがある
竹内美智子『平安時代和文の研究』明治書院 一九八六
北原保雄『日本語助動詞の研究』大修館書店 一九八一

第七章 まずはだれが話しているのかからはじまる
森野宗明「古代の敬語II」『講座国語史 第五巻 敬語史』大修館書店 一九七一
玉上琢弥『源氏物語評釈 別巻 源氏物語研究』角川書店 一九六六

第九章　みそひともじはことえりのもと
松田武夫『古今集の構造に関する研究』風間書房 一九六五
第十章　みそひともじはおもひをつたえることにも
佐伯梅友『日本古典文学大系8　古今和歌集 解説』岩波書店 一九五八
第十一章　ふみよみはふみのなかで
大野晋「基本語彙に関する二三の研究―日本の古典文学作品に於ける―」国語学二四輯 一九五六
谷崎潤一郎『文章読本』中央公論社 一九三四
E・バンヴェニスト『一般言語学の諸問題』みすず書房 一九八三
吉川幸次郎『読書の学』筑摩書房 一九八八

古文本文の参考書目

（以下の書目の古文の本文等を用いましたが、漢字や句読点など本書なりに手を入れています）

長野嘗一校注　校注古典叢書『宇治拾遺物語』明治書院 一九八〇
藤井高尚『松屋文集』『近世擬古文新抄』文献書院 一九二三
萩谷朴校注　新潮日本古典集成『枕草子』新潮社 一九七七
『能因本 枕草子―学習院大学蔵―』笠間書院 二〇〇五
森野宗明校注　講談社文庫『伊勢物語』講談社 一九七二
佐伯梅友校注　全対訳日本古典新書『徒然草』創英社 一九七六
松尾聡校注『評註竹取物語全釈』武蔵野書院 一九六一
石田譲二・清水好子校注　新潮日本古典集成『源氏物語』新潮社 一九七六
佐伯梅友校注　日本古典文学大系『古今和歌集』岩波書店 一九五八
片桐洋一校注　新日本古典文学大系『後撰和歌集』岩波書店 一九九〇
山下宏明校注　新潮日本古典集成『太平記』新潮社 一九七七
吉岡曠校注　新日本古典文学大系『更級日記』岩波書店 一九八九
川村裕子校注　角川ソフィア文庫『蜻蛉日記1』角川書店 二〇〇三
柿本奨『大和物語の注釈と研究』武蔵野書院 一九八一

《動詞の活用表》

<table>
<tr><th>基本形</th><th>語幹</th><th>未然形</th><th>連用形</th><th>終止形</th><th>連体形</th><th>已然形</th><th>命令形</th><th></th></tr>
<tr><td>咲《さ》く</td><td>さ</td><td>か</td><td>き</td><td colspan="2">く</td><td colspan="2">け</td><td>ア・イ・ウ・エ式活用（四段正格活用）</td></tr>
<tr><td>落《お》つ</td><td>お</td><td colspan="2">ち</td><td>つ</td><td>つる</td><td>つれ</td><td>ちよ</td><td>イ・ウ・ウる式活用（上二段正格活用）</td></tr>
<tr><td>受《う》く</td><td>う</td><td colspan="2">け</td><td>く</td><td>くる</td><td>くれ</td><td>けよ</td><td>エ・ウ・ウる式活用（下二段正格活用）</td></tr>
<tr><td>見《み》る</td><td>（み）</td><td colspan="2">み</td><td colspan="2">みる</td><td>みれ</td><td>みよ</td><td>イ・イる式活用（上一段正格活用）</td></tr>
<tr><td>蹴《け》る</td><td>（け）</td><td colspan="2">け</td><td colspan="2">ける</td><td>けれ</td><td>けよ</td><td>エ・エる式活用（下一段正格活用）</td></tr>
<tr><td>来《く》</td><td>○</td><td>こ</td><td>き</td><td>く</td><td>くる</td><td>くれ</td><td>こ（こよ）</td><td>カ行変格活用</td></tr>
<tr><td>す</td><td>○</td><td>せ</td><td>し</td><td>す</td><td>する</td><td>すれ</td><td>せよ</td><td>サ行変格活用</td></tr>
<tr><td>死《し》ぬ</td><td>し</td><td>な</td><td>に</td><td>ぬ</td><td>ぬる</td><td>ぬれ</td><td>ね</td><td>ナ行変格活用</td></tr>
<tr><td>あり</td><td>あ</td><td>ら</td><td colspan="2">り</td><td>る</td><td colspan="2">れ</td><td>ラ行変格活用</td></tr>
</table>

各活用形の使われ方			
文を言い切る	うしろに続く	接続助詞を下接する	助動詞を下接する
		「ば」「で」など	使役「す・さす」受身「る・らる」打消「ず」推量「む」など
	述語として言いさして並立として続く	「て」「つつ」など	存続「たり」過去「けり」完了「つ・ぬ」など
普通の言い切り		「とも」など	現在推量「らむ」推量「べし」打消推量「まじ」など
「や」「か」「ぞ」「なむ」などの結びとしての言い切り	名詞に掛かっていく（名詞として働く準体用法もある）	「に」「を」など	断定「なり」など
「こそ」の結びとしての言い切り		「ば」「ども」など	
命令の言い切り			

＊背面の塗りは対応する正格活用と違いがあるところに施した。

《敬語リスト》

	丁寧	現代語訳
動詞のみの場合	はべり・さぶらふ　（あり） ——（）内には敬語に関わらない中立動詞を示しました——	ございます・あります・おります
補助動詞を付す場合	一般動詞＋はべり・さぶらふ	〜ます・〜です・〜でございます

	為手尊敬（尊敬）	現代語訳
動詞のみの場合	あそばす　（す） います・まします・いますがり　（あり・行く・来） おはす・おはします　（あり・行く・来） 大殿籠《おほとのごも》る　（寝《ぬ》） 思《おぼ》す・思《おも》ほす・思《おぼ》し召《め》す　（思ふ） 聞こす・聞こし召す　（聞く・食ふ・飲む） 御覧《ごらん》ず　（見る）	なさる・あそばす いらっしゃる・おいでになる いらっしゃる・おいでになる お休みになる お思いになる・思われる お聞きになる・召し上がる ご覧になる

	知らす・知ろし召す　（知る・治む） 奉《たてまつ》る　（食ふ・乗る・着る） 給《たま》ふ・給はす　（与ふ・取らす・得さす） 遣《つか》はす　（遣《や》る） 宣《のたま》ふ・宣《のたま》はす　（言ふ） 参《まゐ》る　（食ふ・す・飲む） 召す　（呼ぶ） ——（　）内には敬語に関わらない中立動詞を示しました——	お知りになる・おおさめになる お召しになる・召し上がる・お乗りになる・着なさる お与えになる・お下しなさる おつかわしになる 言われる・おっしゃる 召し上がる・あそばす お召しになる
助動詞を付す場合	一般動詞＋る・らる ——軽い尊敬の意を付す—— 一般動詞＋す・さす ——「～せたまふ・～させたまふ」と、「たまふ」を下接させる最高尊敬の形で用いられるのが普通——	～なさる・お～になる
補助動詞を付す場合	一般動詞＋たまふ ——「たまふ」が為手尊敬の代表的な補助動詞ですが、「たうぶ・たぶ・おはす・おはします・ます・まします」が使われている場合もあります——	

	受手尊敬（謙譲）	現代語訳
動詞のみの場合	候《さぶら》ふ　（あり） 参《まゐ》る・詣《まう》づ　（行く・来） 罷《まか》る・罷《まか》づ　（行く・来） 奉《たてまつ》る・参《まゐ》る・参《まゐ》らす　（得さす・取らす・やる・与ふ） 聞こゆ・聞こえさす・申す　（言ふ） 奏《そう》す　（言ふ） 啓《けい》す　（言ふ） 承《うけたまは》る　（聞く） 仕《つか》うまつる・仕《つかまつ》る　（す・つかふ） 賜《たま》はる　（受く・得《う》） ――（）内には敬語に関わらない中立動詞を示しました――	おそばに控える・伺候する 参上する・うかがう 退出する・さがる・（貴人の所から）離れて去る 差し上げる・献上する 申し上げる （天皇に）申し上げる （皇后・皇太子に）申し上げる うけたまわる・うかがう お仕えする・奉仕する いただく・頂戴する
補助動詞を付す場合	一般動詞＋たてまつる・きこゆ ――「たてまつる」「きこゆ」が受手尊敬の代表的な補助動詞ですが、「参らす・申す・聞こえさす」が使われている場合もあります――	～し申し上げる・お～する

解答編

第二章（三十二頁）

「夏は夜。月の頃はさらなり」と清少納言《せいせうなごん》の言ひける、然《さ》ることぞかし。暮れ果てて夕闇の程はしばし物《もの》難《むつか》しげなれど、それも遣水《やりみづ》の辺《ほと》りに篝火《かがりび》焚《た》かせなどすれば、をかしき程《ほど》なる光に木の葉の色の青やかにきらきらと見えたる、いと涼しげなり。月出《い》でてはまたさらに言はむ方《かた》なし。端居《はしゐ》して眺《なが》むるに、秋よりも優《まさ》りて飽《あ》かずこそあれ。

現代語訳

「夏は夜。月の頃はいうまでもない。」と清少納言が言っているのは、その通りだ。日がすっかり暮れて夕闇のころはしばらくは好ましくない感じがするが、それでも遣水（庭に引き入れた水の流れ）のそばで篝火を燃やさせるなどすると、その趣がある感じの光に木の葉の色が青々としてつやつやと輝いて見えるのがとても涼しい感じだ。月が出た後はそれ以上に申し分ない。（家の縁側などの）庭先近くに座って眺めると、秋よりも優っていて飽きないことだ。

第三章（四十九頁。必ず一通りになるわけではありません。一例として）

今は昔 比叡《ひえ》の山に児《ちご》ありけり。僧たち 宵のつれづれに「いざ掻餅《かいもちひ》せむ」と言ひけるを、この児《ちご》 心寄せに聞きけり。〈さりとてし出《い》ださむを待ちて寝ざらむも悪《わろ》かりなむ〉と思ひて片方《かたかた》に寄りて寝たる由《よし》にて出で来るを待ちけるに、すでにし出だしたるさまにてひしめき合ひたり。

この児〈定めて驚かさむずらむ〉と待ち居《ゐ》たるに、僧の「もの申しさぶらはむ。驚かせたまへ」と言ふを〈嬉し〉とは思へども、〈ただ一度《いちど》に答《いら》へむも待ちけるかともぞ思ふ〉とて〈いま一声《ひとこゑ》呼ばれて答《いら》へむ〉と念じて寝たるほどに、「やな起こしたてまつりそ。幼《をさな》き人は寝入りたまひにけり」と言ふ声のしければ、〈あな侘《わ》びし〉と思ひて〈いま一度《いちど》起こせかし〉と思ひ寝に聞けば、ひしひしとただ食ひに食ふ音のしければ、術《ずち》なくて無期《むご》の後《のち》に「えい」と答《いら》へたりければ、僧たち笑ふこと限りなし。

現代語訳

今では昔のこと比叡の山（延暦寺）に一人の児が居た。僧たちが夜の退屈しのぎに「さぁぼた餅を作ろう」と言ったのを、この児は期待して聞いていた。〈といって出来上がるのを待って寝ないでいるのもみっともないだろう〉と思って端の方に寄って寝ている振りをして出来上がるのを待っていると、もう出来上がった様子で（みんなは）わいわいがやがやとやっている。

この児は〈きっと起こしてくれるだろう〉と待っていたところ、（一人の）僧が「もしもしものを申し上げます。目をお覚ましください」と言うのを〈嬉しい〉とは思うけれど、〈たった一度で答えるのは「待っていたのか」と思われてしまうかも知れない〉と思って〈もう一度呼ばれて返事をしよう〉と我慢して寝ていたところ、「おいおい、起こしてやりなさるな。（返事がないところをみると）坊やは熟睡なさってるのだ」と言う（別の）声がしたので、〈あぁ困った〉と思って〈もう一度起こしてくれよ〉と思いながら寝て聞いていると、ぴしゃぴしゃとただただ盛んに食べる音がするので、どうしようもなくて随分と経ってから「はーい」と返事をしたので、僧たちは大笑いをしたのだった。

第五章（八十五頁）

それぞれ、

「ア・イ・ウ・エ式活用」⇐四段活用
「イ・ウ・ウる式活用」⇐上二段活用
「エ・ウ・ウる式活用」⇐下二段活用
「イ・イる式活用」⇐上一段活用
「エ・エる式活用」⇐下一段活用

となります。

実用的で、実際の活用を考えるときには便利な呼称ですから是非お使いください。

第七章（一二七頁）

「煩《うるさ》がりたまへど」

「たまへ」は、為手尊敬（尊敬）の補助動詞「たまふ」の已然形。

尼君（発言者）が、動詞「煩がる」の動作主「女の子」に敬意を抱いている事を示そうとして用いている。

「をかしの御髪《みぐし》や。」

「御」は、尊敬の接頭語。

尼君（発言者）が、「髪」の持ち主である「女の子」に敬意を抱いていることを示そうとして用いている。

「物したまふこそ」

「たまふ」は、為手尊敬（尊敬）の補助動詞「たまふ」の連体形。

尼君（発言者）が、動詞「物す」の動作主「女の子」に敬意を抱いていることを示そうとして用いている。

「後《おく》れたまひし程《ほど》」

「たまひ」は、為手尊敬（尊敬）の補助動詞「たまふ」の連用形。

尼君（発言者）が、動詞「後る」の動作主「故姫君」に敬意を抱いていることを示そうとして用いている。

「思ひ知りたまへりしぞかし」

「たまへ」は、為手尊敬（尊敬）の補助動詞「たまふ」の已然形（命令形とも）。

尼君（発言者）が、動詞「思ひ知る」の動作主「故姫君」に敬意を抱いていることを示そうとして用いている。

「おのれ見捨てたてまつらば」

「たてまつら」は、受手尊敬（謙譲）の補助動詞「たてまつる」の未然形。

尼君（発言者）が、動詞「見捨つ」の被動作主「女の子」に敬意を抱いていることを示そうとして用いている。

「いかで世におはせむとすらむ」

「おはせ」は、為手尊敬（尊敬）動詞「おはす」の未然形。

尼君（発言者）が、「為手尊敬（尊敬）」動詞「おはす」の動作主「女の子」に敬意を抱いていることを示そうとして用いている。

「いみじく泣くを見たまふも」

「たまふ」は、為手尊敬（尊敬）の補助動詞「たまふ」の連体形。

『源氏物語』の語り手が、動詞「見る」の動作主「光源氏」に敬意を抱いていることを示そうとして用いている。

忘れてならないのは敬語は述語部分に関わるだけではないということです。第一章で読み方を確認した接頭語「御」のような敬語もあります。

また、敬語にこだわり過ぎると文意が取りにくくなることがあります。そういったときには敬語をいったん外して敬意に関わらない言い方に直して文脈を把握してみましょう。

第十章（一八四頁）

番場《ばんば》・醒井《さめがゐ》・柏原《かしわはら》、不破《ふは》の関屋は荒れ果てて、なほもるものは秋の雨の、
守る
漏る

いつか我《わ》がみのをはりなる、**熱田**の八剣《やつるぎ》伏し拝み、潮干《しほひ》に今やなるみ潟《がた》、
身の終はり
美濃　尾張
成る
鳴海

傾く月に道見えて、明けぬ暮れぬと行く道の、末はいづくととほたふみ、
問ふ
遠江

浜名の橋の夕潮に、引く人も無き捨て小舟《をぶね》、沈み果てぬる身にしあれば、

誰か哀《あは》れとゆふぐれの、入相《いりあひ》鳴れば今はとて、**池田の宿**《しゆく》に着きたまふ。
言ふ
夕暮

太字で示したのが登場人物が辿った地名等です。琵琶湖の東岸の辺りから池田の宿（現在の静岡県

に所在する）までの地名が折り込まれて描かれています。謀反の嫌疑をかけられ鎌倉に着いたならば処刑される運命にある、その悲しい道行きを描く文章です。

現代語訳

番場《ばんば》・醒井《さめがい》・柏原《かしわばら》を通り、（通り掛かった）不破《ふわ》の関屋は荒れ果てていて、（もうその関を守《も》る人もいないのだが）今でも漏るのは秋の雨で、そのうち我が身の終わりという美濃の国も過ぎて尾張の国にある、熱田神宮内の八剣宮を拝んで、折しも潮干になるところの鳴海潟に差し掛かり、西に傾く月の光を頼りに道を進んで、かくて夜が明けた日が沈んだと進んで行く道の、果てはどこに行き着くのかと問うて遠江に差し掛かり、その浜名の橋の夕波のところには、人無く漂う捨てられた小舟、その小舟同様に沈み切った身であるから、誰も可哀想であると言ってくれない夕暮れの、夕べの鐘が鳴る時に今はもうこれまでと、池田の宿にお着きになる。

索引

福田孝（ふくだ・たかし）

1960年、岡山県に生まれる。筑波大学大学院博士課程中退。1987年、岡山県立岡山一宮高等学校教諭。1991年、岡山県立倉敷天城高等学校教諭。1993年、筑波大学附属駒場中・高等学校教諭。2012年、武蔵野大学文学部日本文学文化学科准教授。2017年、同教授。2020年、同退職。日本古代文学・国語教育専攻。著書に『源氏物語のディスクール』（1990年、書肆風の薔薇）、主要論文に「承保三年奥書本『後撰和歌集』について」（『和歌文学研究』第101号、和歌文学会）などがある。

シリーズ日本語を知る・楽しむ 1

古文を楽しく読むために

How to Enjoy Reading Japanese Classic Literature
FUKUDA Takashi

発行　二〇一五年一〇月二一日　初版一刷
　　　二〇二〇年一〇月一二日　三刷
定価　一六〇〇円＋税
著者　©福田孝
発行者　松本功
ブックデザイン　小川順子
本文イラスト　萱島雄太
印刷・製本所　株式会社シナノ
発行所　株式会社ひつじ書房
〒一一二－〇〇一一
東京都文京区千石二－一－二　大和ビル二階
Tel.03-5319-4916　Fax.03-5319-4917
郵便振替00120-8-142852
toiawase@hituzi.co.jp　http://www.hituzi.co.jp/
ISBN978-4-89476-706-5

造本には充分注意しておりますが、落丁・乱丁などがございましたら、小社かお買上げ書店にておとりかえいたします。ご意見、ご感想など、小社までお寄せ下されば幸いです。

《古文助動詞整理表》

接続：未然形＋

す（四ナラ） 下二段
さす（四ナラ以外） 下二段
（しむ）
せ・せ・す・する・すれ・せよ
①使役
②尊敬（「せ給ふ・させ給ふ」）

る（四ナラ） 下二段
らる（四ナラ以外） 下二段
（ゆ・らゆ）
れ・れ・る・るる・るれ・れよ
①自発
②可能（＋打消で）
③受身
④軽い尊敬

ず 特殊
○・○・○・ぬ・ね・○
○・ず・ず・○・○・○
ざら・ざり・○・ざる・ざれ・ざれ
①打消

じ 不変化
○・○・じ・じ・じ・○
①打消推量 ②打消意志

む 四段
○・○・む・む・め・○
①単純推量
②意志
③勧誘
④仮定
（「むず」サ変←「むとす」）

まし 特殊
ましか・○・まし・まし・ましか・○
ませ
①反実仮想
②不確かな推量

まほし 形シク
○・しく・し・しき・しけれ・○
しから・しかり・○・しかる・○・○
①希望

接続：連用形＋

つ 下二段
て・て・つ・つる・つれ・てよ
①完了
②確述（＋推量で）
（他動詞につく。人為的意志的。動作の終結）

ぬ ナ変
な・に・ぬ・ぬる・ぬれ・ね
①完了
②確述（＋推量で）
（自動詞につく。自然的無意志的。動作の発生）

たり ラ変
り（接続例外→サ未・四已） ラ変
ら・り・り・る・れ・れ
①存続 ②完了

き 特殊
○・○・き・し・しか・○
①直接体験の過去

けり ラ変
○・○・けり・ける・けれ・○
①伝聞過去
②気づき（詠嘆）

けむ 四段
○・○・けむ・けむ・けめ・○
①過去推量
②過去の原因推量

たし 形ク
○・たく・たし・たき・たけれ・○
たから・たかり・○・たかる・○・○
①希望

接続：終止形（ラ変連体）＋

まじ 形ク
○・まじく・まじ・まじき・まじけれ・○
まじから・まじかり・○・まじかる・○・○
①強い打消の推量
②打消意志
③打消の当然・適当
④不可能 ⑤禁止

べし 形ク
○・べく・べし・べき・べけれ・○
べから・べかり・○・べかる・○・○
①強い推量
②意志
③当然・適当
④可能
⑤命令・勧誘

らむ 四段
○・○・らむ・らむ・らめ・○
①現在推量
②現在の原因推量

めり ラ変
○・めり・めり・める・めれ・○
①視覚推定 ②婉曲
（上接するラ変は音便化すること多し）

なり ラ変
○・なり・なり・なる・なれ・○
①伝聞推定 ②伝聞
（上接するラ変は音便化すること多し）

らし 特殊
○・○・らし・らし・らし・○
①根拠のある推定

接続：体言・連体形＋

なり 形動ナリ
なら・なり・なり・なる・なれ・○
○・に・○・○・○・○
①断定 ②存在

たり 形動タリ
たら・たり・たり・たる・たれ・たれ
○・と・○・○・○・○
①断定 ②存在

ごとし 形ク
○・ごとく・ごとし・ごとき・○・○
①比況・例示

この表は接続で助動詞を整理分類しています（「り」だけ例外です。注意してください）。接続は動詞などの何形にぶら下がるかということです。例えば一番上の横一列は未然形に接続する助動詞です。一番上の列にあることを記憶しておけば未然形に接続する（ぶら下がる）ことが分かるといった具合に、位置を記憶することで動詞などの何形に接続するのかが分かります。 また、表では、隣り合ったもの同士あるいは上下にあるもの同士で関係づけて位置を決めていますから、位置から助動詞同士を関連づけて覚えることも可能になります。

《敬語まとめ》

敬語は、丁寧・為手尊敬（尊敬）・受手尊敬（謙譲）の三種類に分けられます。

いずれも、**話し手（書き手）**が或る人物に敬意を抱いていることを**聞き手（読み手）**に示そうとして用いるものです。

① 聞き手に対する敬語

「丁寧」　聞き手に対しての畏《かしこ》まった気持ちを表す敬語

（物語作品などでは登場人物の会話部分や手紙文（消息）で用いられます。地の文で用いられている際には留意が必要です。）

A君　話し手である「A君」が、聞き手である「校長先生」に敬意を抱いていることを校長先生に示すために用いる。

← **「鈴木先生が、田中君に、文化祭のことを、おっしゃいます。」**

校長先生

頭の中将　話し手である「頭の中将」が、聞き手である「大臣」に敬意を抱いていることを大臣に示すために用いる。

← **「光源氏、惟光に、文化祭のこと、のたまひはべり。」**

大臣

② 話題中の人物に対する敬語

「為手《して》尊敬（尊敬）」　動作主（主語）に対する敬語

A君　話し手である「A君」が、話題中の動作主である「鈴木先生」に敬意を抱いていることをB君に示すために用いる。

← **「鈴木先生が、田中君に、文化祭のことを、おっしゃる。」**

B君

『源氏物語』語り手　話し手である『源氏物語』語り手が、話題中の動作主である「光源氏」に敬意を抱いていることを聞き手（読者）に示すために用いる。

← **「光源氏、惟光に、文化祭のこと、のたまふ。」**

『源氏物語』聞き手（読者）

「受手《うけて》尊敬（謙譲）」　被動作主（目的語）に対する敬語

A君　話し手である「A君」が、話題中の被動作主である「鈴木先生」に敬意を抱いていることをB君に示すために用いる。

← **「田中君が、鈴木先生に、文化祭のことを、申し上げる。」**

B君

『源氏物語』語り手　話し手である『源氏物語』語り手が、話題中の被動作主である「光源氏」に敬意を抱いていることを聞き手（読者）に示すために用いる。

← **「惟光、光源氏に、文化祭のこと、申す。」**

『源氏物語』聞き手（読者）

※組み合わせて用いられる場合は、受手尊敬（謙譲）＋為手尊敬（尊敬）＋丁寧の語順で用いられます。

「詠み奉り給ふ」「詠み奉り侍り」「詠み給ひ侍り」「詠み奉り給ひ候ふ」

（三種類が総動員されて用いられるのは、平安時代末期以降。なので「候ふ」で例示しました。平安時代の丁寧語はもっぱら「侍《はべ》り」。また、一つ目の例「詠み奉り給ふ」の言い方を、主語に当たる人物にも目的語に当たる人物にも敬意を示すことができるケースとして、とくに「二方面への敬語」と言います。）

※敬意には、最高尊敬（二重尊敬）＞普通の尊敬＞軽い尊敬＞敬意含まず、と、軽重があります。

「書かせ給ふ」＞「書き給ふ」＞「書かる」＞「書く」

「おぼしめす」＞「おぼす」＞「思はる」＞「思ふ」

（最高尊敬は、地の文では帝レベルに限って用いられます。会話文では貴族クラスの身分の人にも用いられます。地の文と会話文とでは用いられる基準が同じでないことにも留意が必要です。）

※敬語動詞が用いられるケースと、一般動詞＋敬語の補助動詞が用いられるケースとがあります。（《敬語リスト》を参照してください）

「おはす」「おはします」「思《おぼ》す」「御覧ず」「のたまふ」「大殿籠る」など　↑為手尊敬（尊敬）の動詞

「候ふ」「参る」「まうづ」「まかづ」「まかる」「聞こゆ」「奏す」「啓す」など　↑受手尊敬（謙譲）の動詞

「詠み給ふ」「書き給ふ」など　↑一般動詞＋為手尊敬（尊敬）の補助動詞

「詠み奉る」「書き奉る」「恋ひ聞こゆ」など　↑一般動詞＋受手尊敬（謙譲）の補助動詞

※敬語に関係して複数の使われ方（動詞として、補助動詞として。受手尊敬として、為手尊敬として、など）をする語に注意。

「給ふ」「奉る」「参る」など。